U0029117

用九柑仔店

5

成爲相互照耀的暖陽

阮光民

=目次=

家父夜對我倆
欲送我至府城
大伯家。
明日九時車站
蘭

阿德：
我
我們結

第一話。

一如往常

告別，是一天、一天逐漸的……

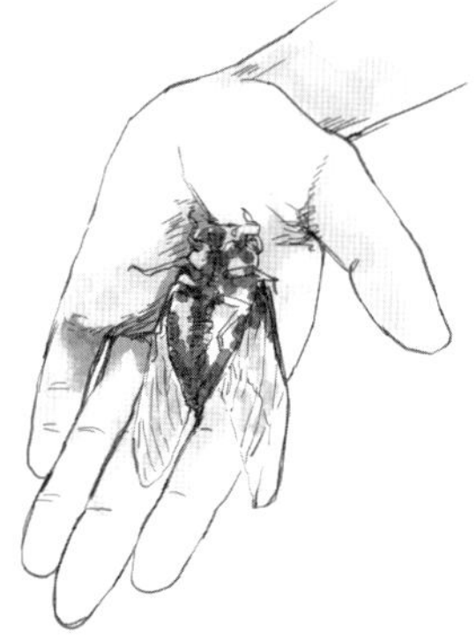

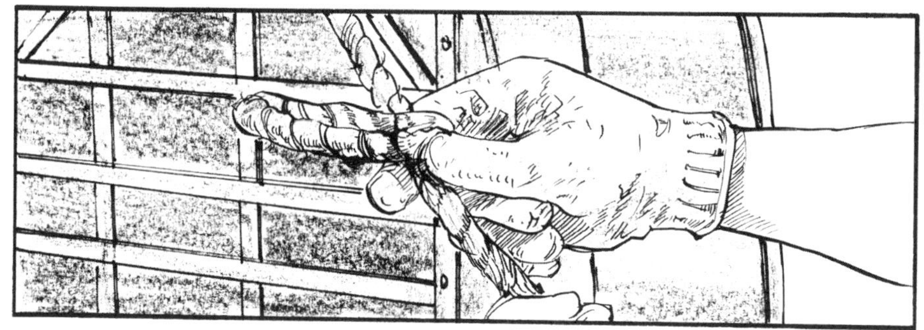

阿德，你固定好了沒？

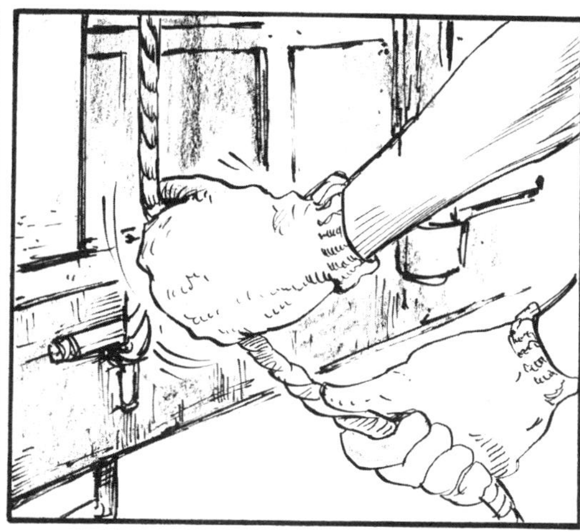

好了！好了！

電器行
好！阿勇！班師回朝囉！

喂！我還沒上車啦！
哈哈！跑快點！
莫鬧啦！
好啦，阿勇別催油了！

阿勇，油門給它催落去！
哈哈哈！好喔！
阿勇，他要摸到車了！
呼！
呼！
呼！

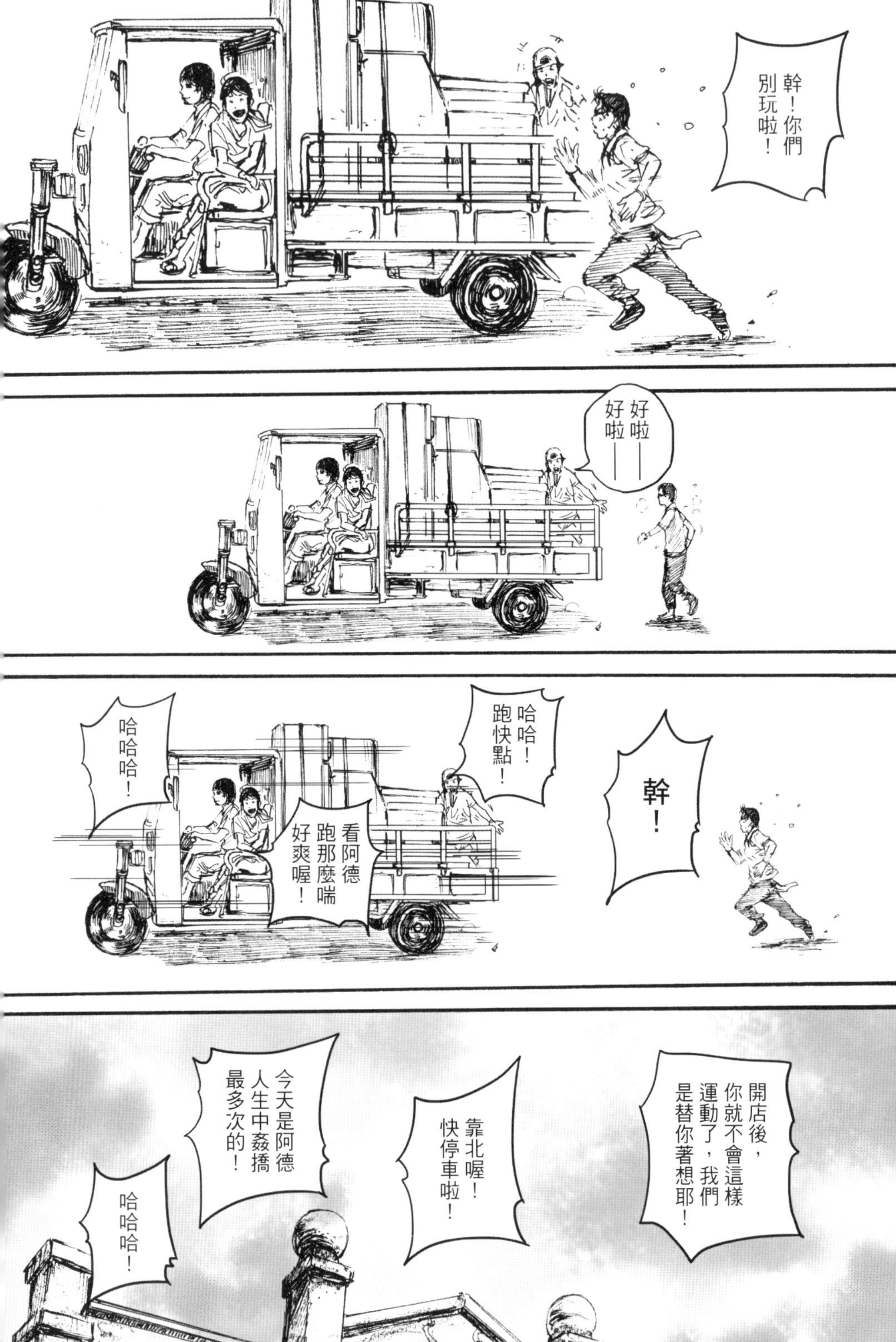

幹！你們別玩啦！
好啦好啦──
幹！
哈哈！跑快點！
看阿德跑那麼喘好爽喔！
哈哈哈！
開店後，你就不會這樣運動了，我們是替你著想耶！
靠北喔！快停車啦！
今天是阿德人生中姦撟最多次的！
哈哈哈！

別說做兄弟的不挺你，這台冰箱算我的！

阿勇說會請三朵花登台免費唱一個禮拜！

勇勝堂國術館

啊不就金甘蝦。

※姦撟：閩南語，以粗俗的話語怒罵他人，常俗寫作「幹譙」。
※金甘蝦：閩南語「真感謝」之諧音。

臺灣省
菸酒公賣局
菸酒
零售商
08872

滿

吉時快到了！
準備揭幕。
五、四、三、
二……

夭壽——我好感動喔——
我要當第一位客人。
這樣我排第二。
周九商店

廟公說，
阿公交代如果有萬一，
遺照他要用這張。
他出發去旅行前
在店門口拍的。

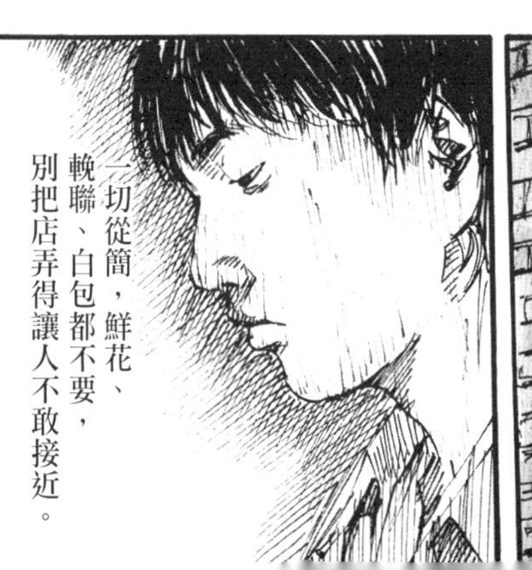
一切從簡，鮮花、
輓聯、白包都不要，
別把店弄得讓人不敢接近。

還有，一切照常，
你阿媽說的，人還在世的一天，就少不了柴米油鹽。
別太難過。一直哭，我反而行不開腳。

阿德，乾杯喔。

你要不要去睡一下？白天我來顧。

我還好，不會累。

過身的就過身了，還在的要顧好自己。
我們都還有明天要過……

……明天……

他說在阿媽娘家住一晚就回來……

昨晚阿公電話裡說，明天就回來了……

俊龍……

我不會說我了解你的心情。
我一直是獨身一人。

這把年紀，也參加過不少喪禮。

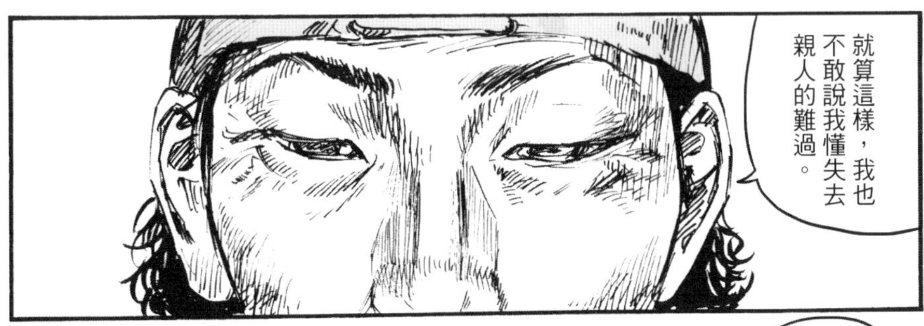
就算這樣，我也不敢說我懂失去親人的難過。

不過，我認識他七十幾年了，我了解他。
他現在的表情跟照片上一樣。

很心安，沒遺憾。

可能，他現在就坐在那裡。

坐在那。看著大家，看著你，
在擔心你難過，在想用什麼話安慰你。

廟公，
可以跟我說你們去旅遊的事情嗎？
你先幫我把酒倒滿。
反正他聽不到了，我來說說你阿公年輕的事吧。
其實你阿公以前……

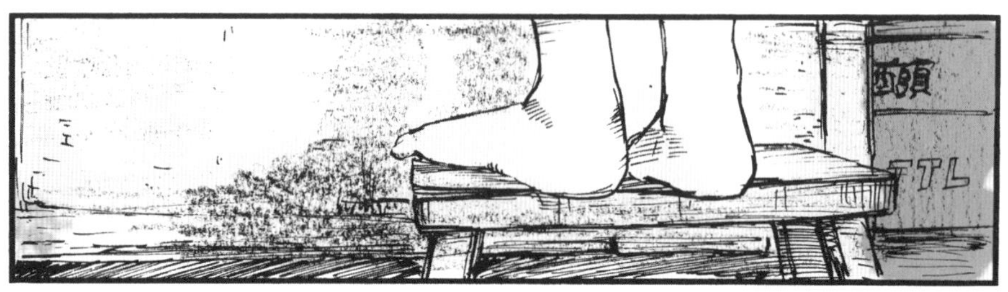

老天在造人時都會
故意抽掉一種天賦吧？

讓人無法完整的
解釋自己的天賦。

所以祂才能安插
兄弟姊妹跟朋友
在人的生命裡。

藉由他們口中，
一個人才會厚實，完整。
即使不在人世，依然可以
被立體地形容。

阿媽原是地主的女兒，
儘管父母反對，卻硬是要嫁給
阿公這個叫賣雜貨的魯蛇，
還張羅開了用九。
這跟阿公說的版本完全不同！
男人的基因裡
有一組是顧面子的。

結婚一年後
我爸出生，他們才
一起回娘家。
長輩都這樣
抱到第一個孫子
胸口積再厚的怨嘆都會融化。

怪不得我爸幼時
照片特別多。

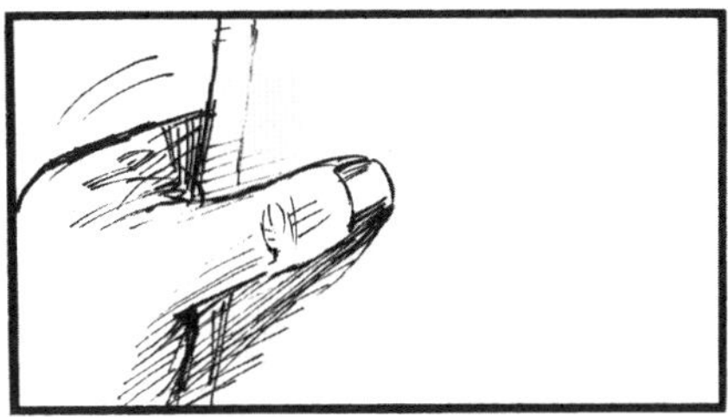

俊龍滿月

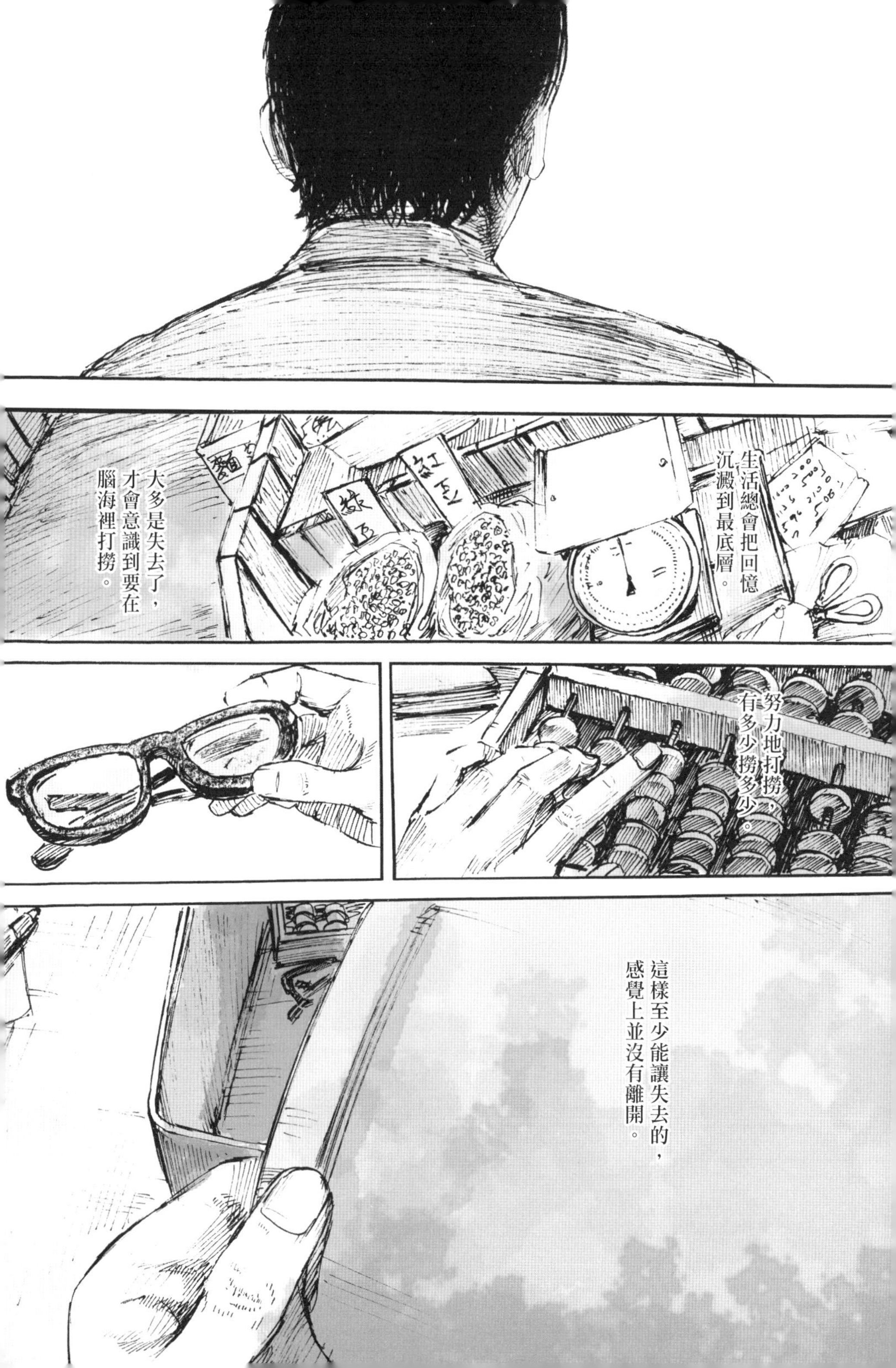

生活總會把回憶沉澱到最底層。

大多是失去了，才會意識到要在腦海裡打撈。

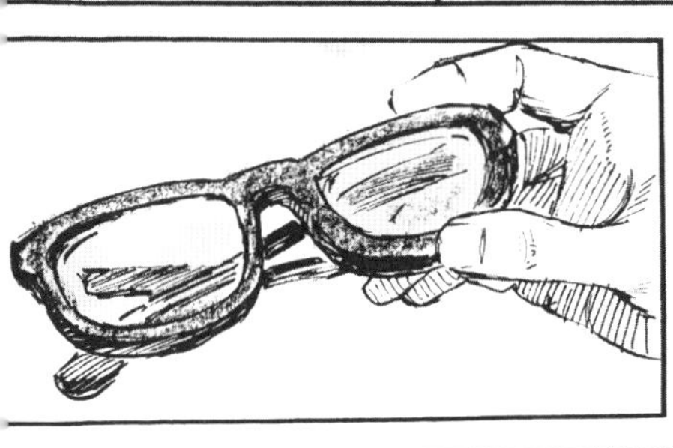

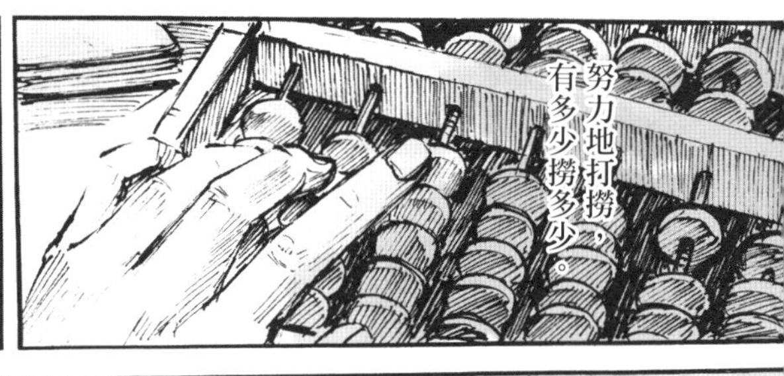

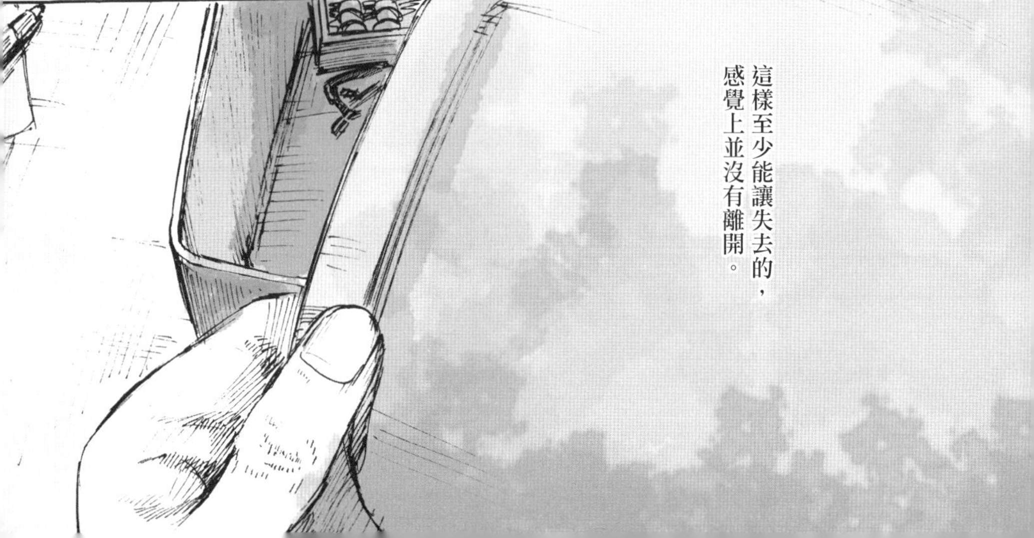

俊龍……

吉誠叔
要回去了嗎？

不是，
我要跟你說，
我和阿忠他們
會留下來守夜，
你就放心睡。

嗯，謝謝。

我們就在
外面，
有什麼需要
就喊一下。

……
你還好嗎？
不怎麼好。
我變成孤兒了。

阿公，坐穩了嗎？

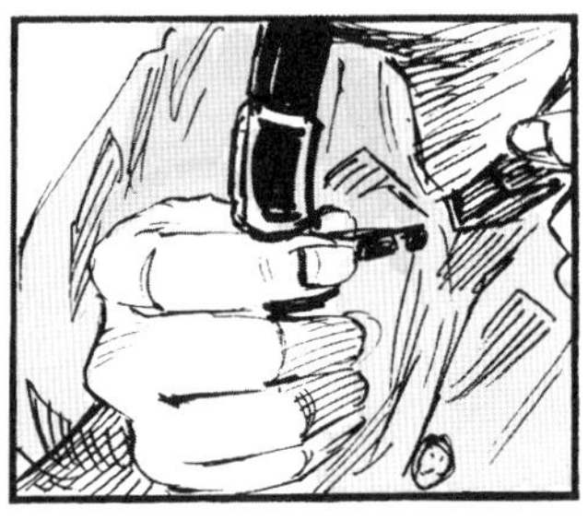

好了。

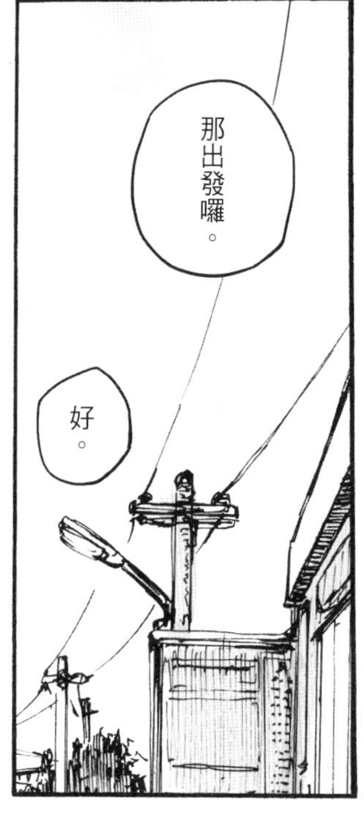
那出發囉。
好。

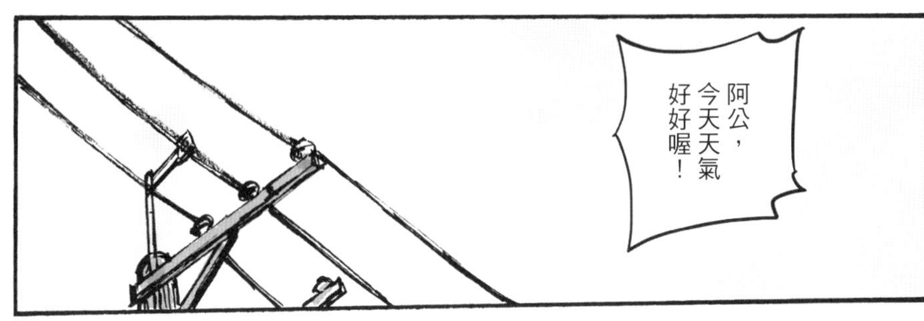

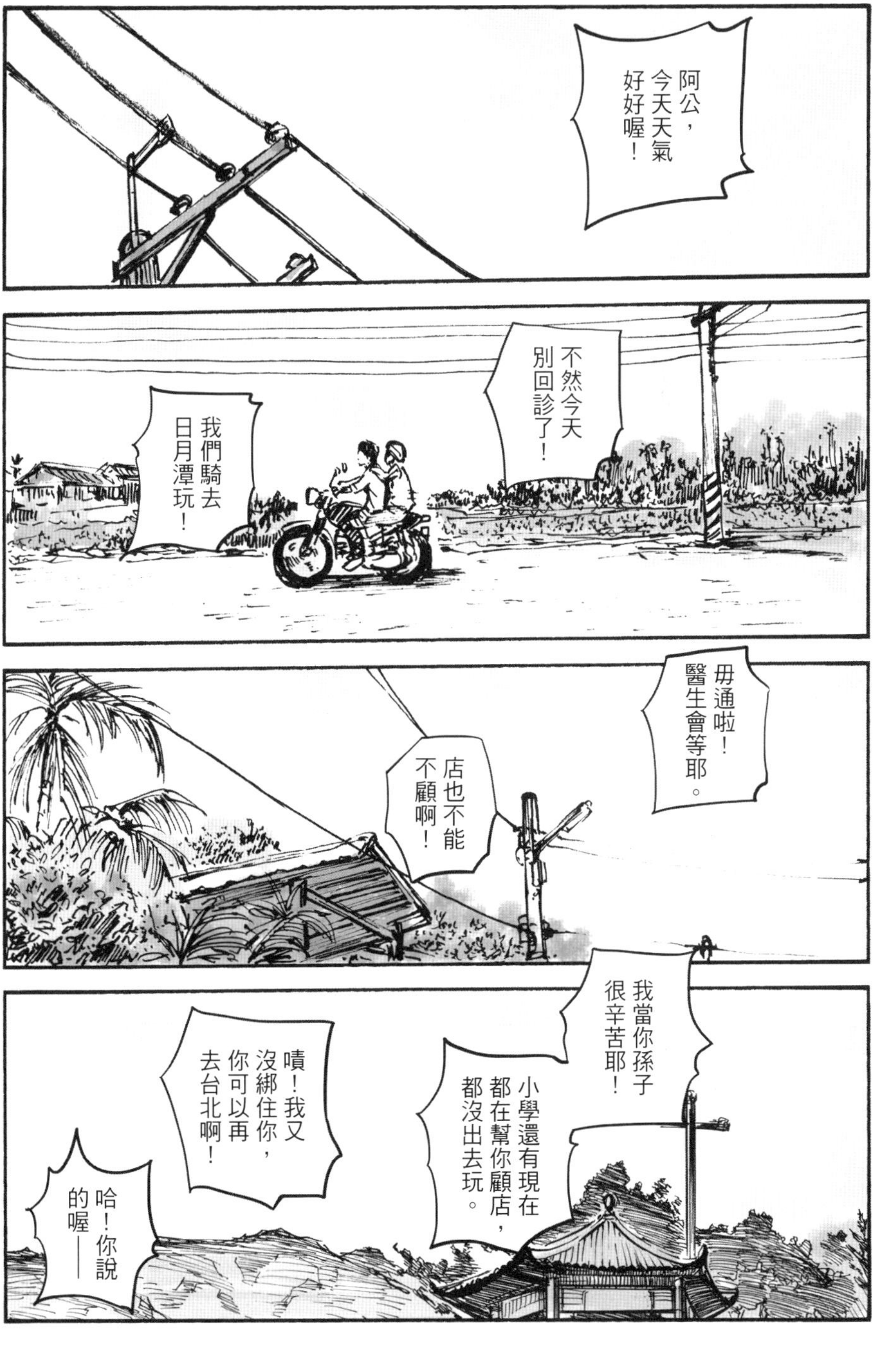

毋通啦！醫生會等耶。

店也不能不顧啊！

我當你孫子很辛苦耶！

小學還有現在都在幫你顧店，都沒出去玩。

嘖！我又沒綁住你，你可以再去台北啊！

哈！你說的喔——

※毋通：閩南語，語氣較委婉的表達不可以、不要。

以前我總是跟你阿爸說，
家人啊，就是要每個人都先顧好自己，才能撐住家的屋頂。
結果，我這邊卻沒撐住……
歹勢啦，俊龍。
阿公去拖累到你了……
如果我沒出狀況，你現在還可以繼續過著屬於自己的人生……
真的很歹勢。

天空的雲，真的擺脫不了啊。
自從我做囡仔到現在，怎麼看，它們都像是跟著我在走……
不過，好美啊——
這些雲，
這片天空，還有那邊的山……
俊龍！停一下！
阿公怎麼了？
到了。

生於
歿於民
顯考

喀！
啾！
啾！
周九商店
俊龍，幫我拿一瓶烏醋。
好，碗粿姨稍等。

有什麼需要幫忙的，儘管跟我說。

碗粿姨妳不用擔心，我很好。

今晚特別多人來買東西。

妳不用去夜市？

我不小心路過，就被扭送過來了。
來嚐嚐用肯德基桶裝的鹹酥雞。
幹麼吃泡麵這種沒營養的東西，我買了起司加量的重口味披薩！

還有婚宴試吃的藍莓蛋糕！
想醉的，酒我包了！
了不起！負責！
喔喔蝸牛老師你會煮菜喔！
我另外買了兩份你愛吃的雞胗。
愛你——

東西太多了，兩金去把八仙桌扛出來！

我來幫你！

謝謝吉誠叔。

把我那一瓶89年陳年維士比拿出來開！

哭枵，維士比還有陳年的喔！過期了吧！

阿公，你換好沒？
合身嗎？

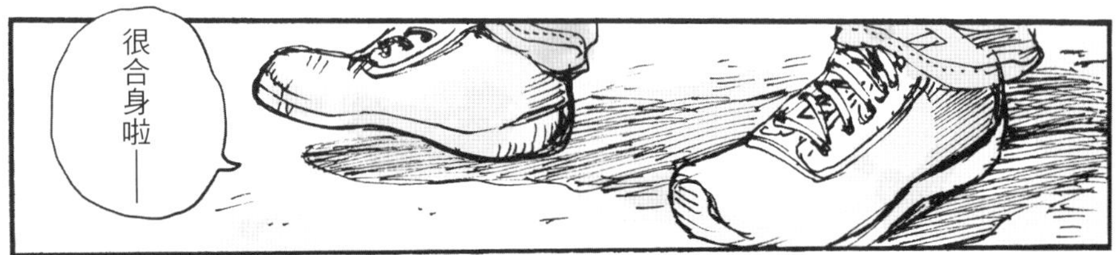

哈！我穿這樣出門真的妥當嗎？
很好看啊！多飄撇啊！
唉喲！我還是換回來好了。

※飄撇：閩南語，瀟灑、帥氣之意。

穿著啦！這是我買給你的把妹戰袍耶！
你看廟公穿得那麼招搖，不能輸他。

領口豎高一點更帥。
藥和手機行充都放夾鏈袋了。

藥已幫你分好，你要按時吃。
知啦，當我是囡仔喔，我是你阿公耶。

阿公，看這邊。

再轉過來一點，要拍囉……

阿公……

你應該能體會也會諒解。
因為
對於還在世的人來說，
告別是一天、一天逐漸的。

第二話。家與人

漂浪無根的浮萍，或許是把家落在心上。

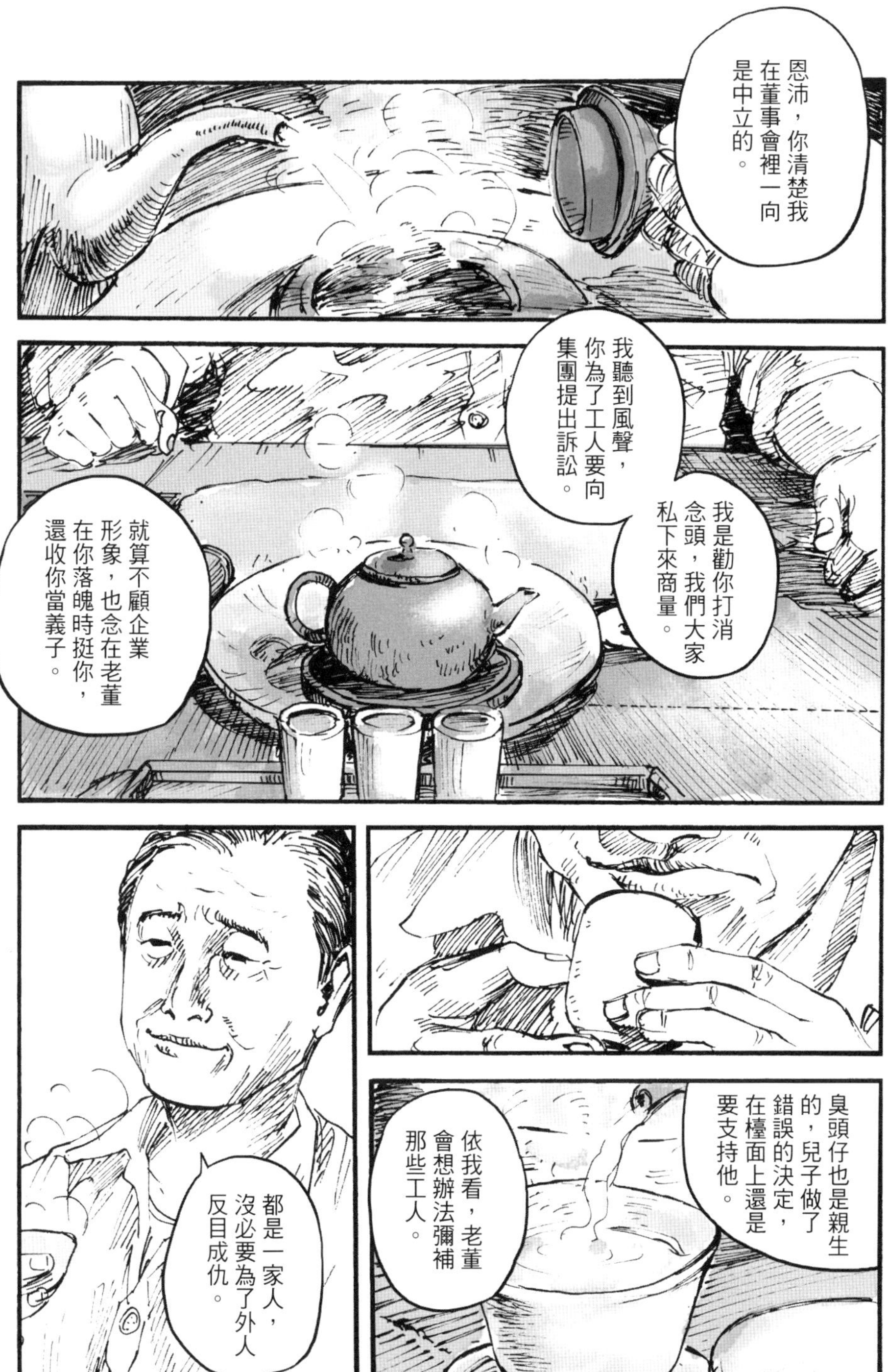
恩沛，你清楚我在董事會裡一向是中立的。
我聽到風聲，你為了工人要向集團提出訴訟。
我是勸你打消念頭，我們大家私下來商量。
就算不顧企業形象，也念在老董在你落魄時挺你，還收你當義子。
臭頭仔也是親生的，兒子做了錯誤的決定，在檯面上還是要支持他。
依我看，老董會想辦法彌補那些工人。
都是一家人，沒必要為了外人反目成仇。

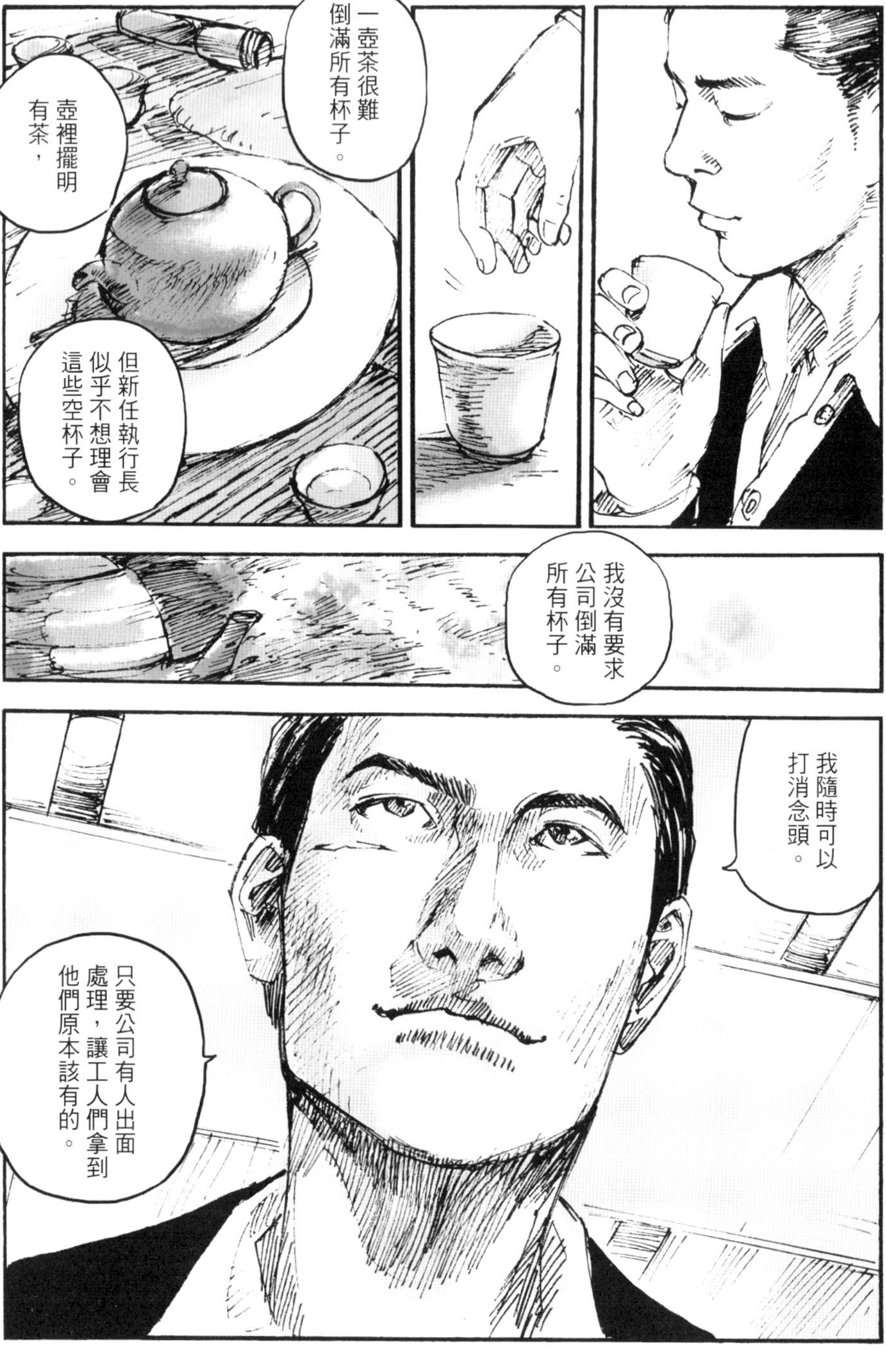

一壺茶很難倒滿所有杯子。

壺裡擺明有茶，

但新任執行長似乎不想理會這些空杯子。

我沒有要求公司倒滿所有杯子。

我隨時可以打消念頭。

只要公司有人出面處理，讓工人們拿到他們原本該有的。

是我茶泡得太澀了，
潤了喉你還是把話說得那麼硬。
抱歉，品茶的功夫我始終學不好，
以至於始終無法融入董事會的大老們。

有機會換我泡咖啡，你們可以一起來。

恩沛，走出門就沒得談。
我希望你有足夠的資金跟時間可以耗。
剛好這些是財團擁有最多的。

……
再說……
是你選擇
手骨往外彎的。
之後別怨家人
無情，有家
歸不得！
我不是第一次
沒有家。
這倒是不用
你們擔憂。

嚓！
看來他們已經有所準備了。
良知像打火機的火光，無法照亮整幕的漆黑。
正道倘若不好走，
我不介意走暗巷。
停

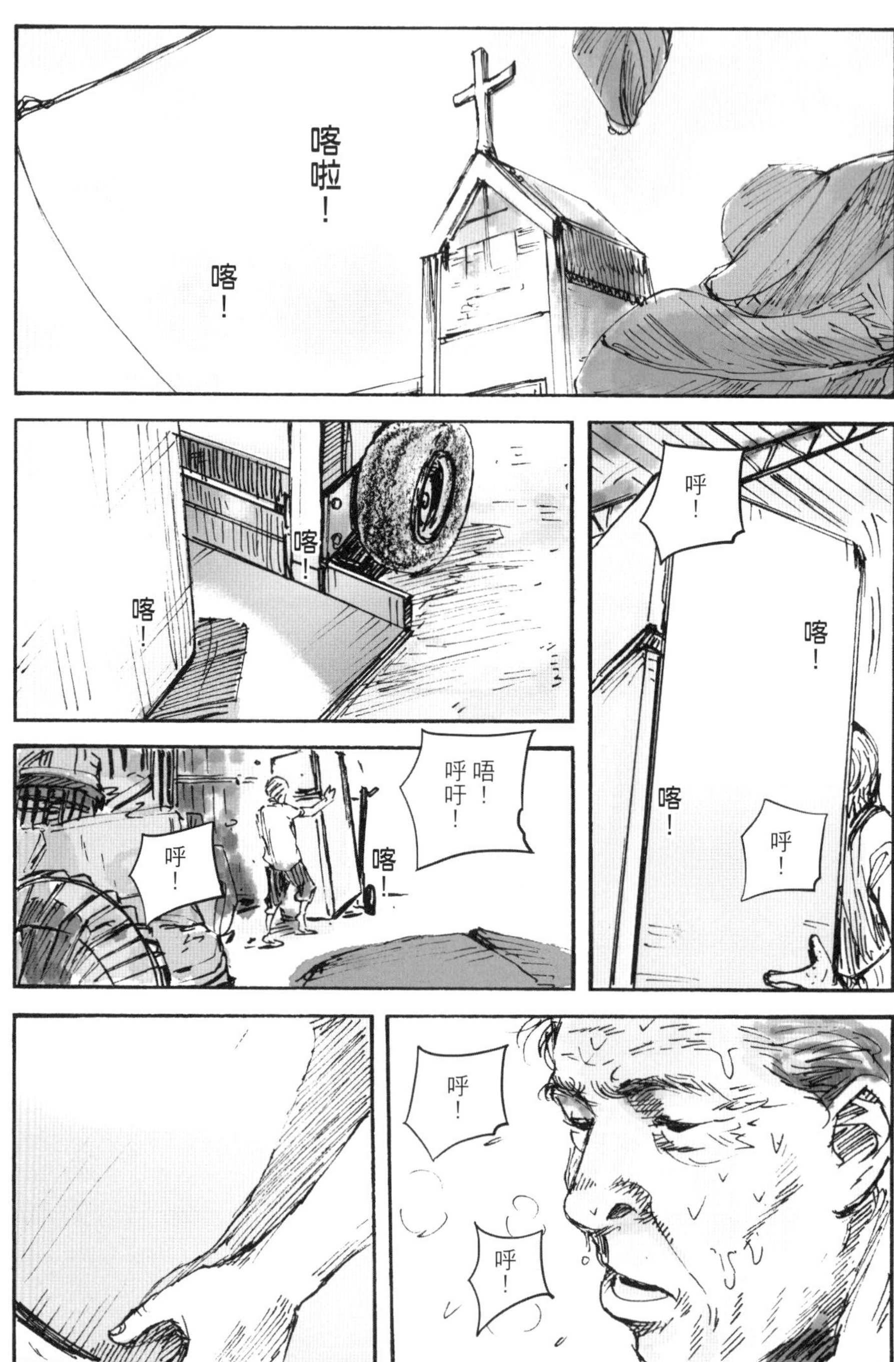
喀啦！
喀！
呼！
喀！
喀！
呼！
喀！
喀！
唔！呼吁！
喀！
呼！
呼！
呼！

壞掉的冰箱，回收賣掉才三到六百。
教會資源回收站

我來扛吧，你幫我扶推車。
是喔，我以為冰箱很重，會比較值錢。

房間裡放個冰箱好奇特。
小孩要放衣服或書包都可以。

那張床也是用廢棄書架組裝的。
很耐用，昭君小時候逃家就睡這。

當儲物櫃防潮、防蟲。
神父好會喔——

你應該也知道
她的母親跟繼
父怎麼對她。

她小時候
常蹺家嗎？

就算來這，
也是會被她
媽媽帶回去
我愛莫能助。。
不過，也
撐過來了。

你來找我
有事嗎？

教會的教友
有不少是
傳產業的吧。
不管釀酒的，
手作的，
做蜜餞的……

啊！差點
就忘了！

我正在架設銷售平台，
我把它定義為有溫度的產品的平台，所以想請大家響應。

雖然有些產品店裡已經有了，
但實體店面有地域的限制。

就算努力宣傳，慕名而來的人潮也只是一時的。

用九不像阿公那個年代，不再是人們購物的唯一地方。
的確是。
現在似乎比較是聚集大家的基地。

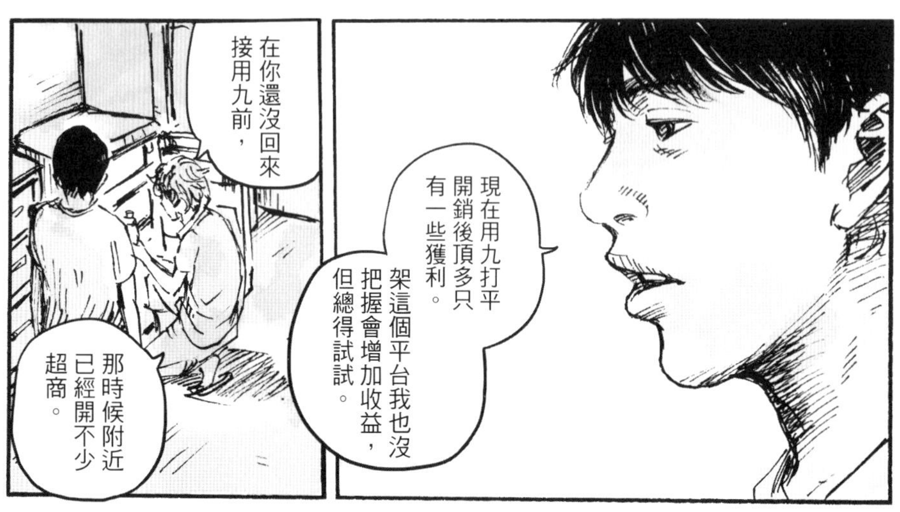
現在用九打平開銷後頂多只有一些獲利。
架這個平台我也沒把握會增加收益，但總得試試。
在你還沒回來接用九前，
那時候附近已經開不少超商。

你阿公在跟我下棋時，也是碎碎唸，
怎麼辦啊——傷腦筋啊——大家都去超商買東西了。
柑仔店會死很慘啊——
阿公總是老神在在的，原來也會煩惱。

是啊，不過他會叫我打斷他的煩惱。

他說，煩惱很像在吐絲，不剪斷就會把自己困住。
然後當我在幫他剪斷煩惱時，我就被他將軍了。
哈！很像阿公會做的事。

你的理念有溫度我會全力幫你推廣。
謝謝神父！那我去下一個地點。

俊龍，

……
我心裡有件事，不知道該不該問？

神父，
你想問的是關於我
跟昭君的事對嗎？

其實，
我是一個很少會
去煩惱明天的人。

也許是爸媽在我很小的時候
就過世，阿公也有家柑仔店
為生。
對我來說，
明天，只是另一個今天。

但是現在，
我經常會半夜醒來，
一開始我以為是換了
枕頭睡不好。

可能是我希望，
明天，
未來的很多明天裡都會有她。

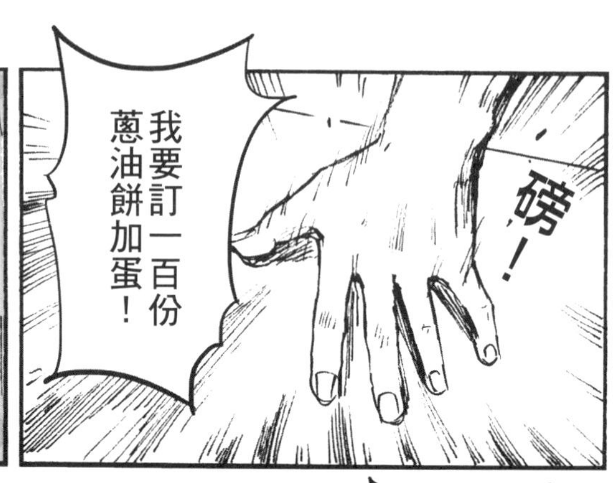
我要訂一百份蔥油餅加蛋！
磅！

唔！

我那些配合的廠商、工人和企業主們跟我插賭！
他們賭我這輩子追不到鳳玉！如果我贏了，就一人請我一份蔥油餅加蛋！
嘖！我就值一百份蔥油餅加蛋……

寶貝，妳對我而言是無價之寶。
什麼！連我哥也……
再說，阿忠還賭三份。

喂！哥！我聽兩金說……
請幫我送到我公司。

一百份要吃多久啊——

我是要給他們吃的！
要他們把當初嗆我的話配蔥油餅吞回去！
所以請幫我加很辣，超級辣。
哈！好的。

該走了，約了婚祕。
喔喔！
昭君姊，我們先走囉。
記得喔！加很辣。

嗯！掰掰。

鳳玉他們
下午來找我。

他們看起來
很幸福。
兩金一直
在FB和IG
放閃光照。
搞得我散光
加重了。
最好是。

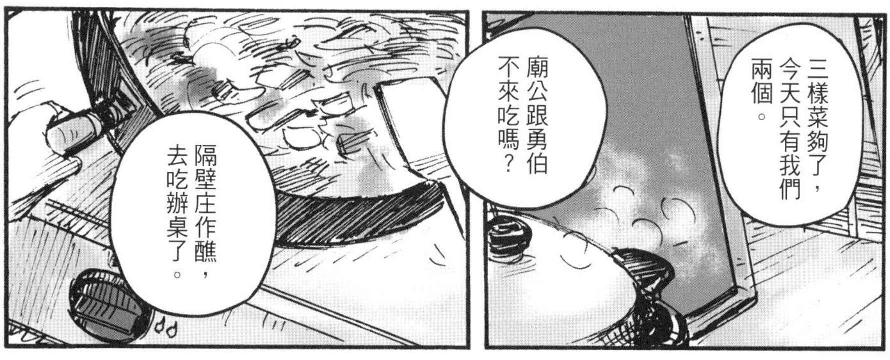
三樣菜夠了，
今天只有我們
兩個。
廟公跟勇伯
不來吃嗎？
隔壁庄作醮，
去吃辦桌了。

鳳玉有跟妳提當她伴娘的事嗎？

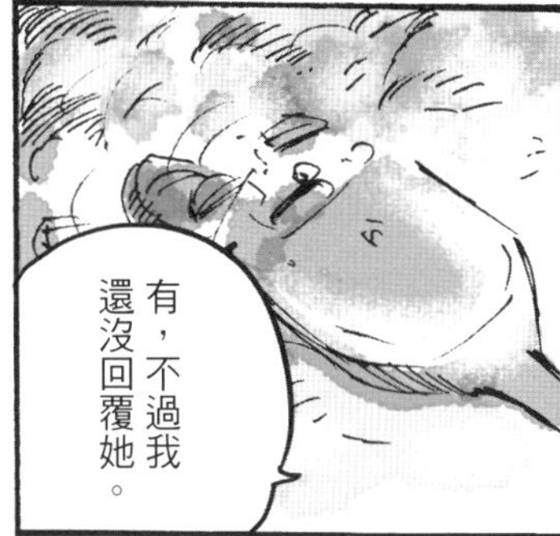
有，不過我還沒回覆她。

反正是明年的事，不急。
嗯。
不過兩金要成家了，我感覺怪怪的。
為什麼？

他總是跑來跑去，沒什麼定性。
無法想像他定下來的樣子。
不過，我也沒比他好到哪去。
我對於家庭生活沒有太多印象，都是片段的記憶。
無法很實在的想像家庭的輪廓。
不過，
都是可以練習的吧。
練習什麼？

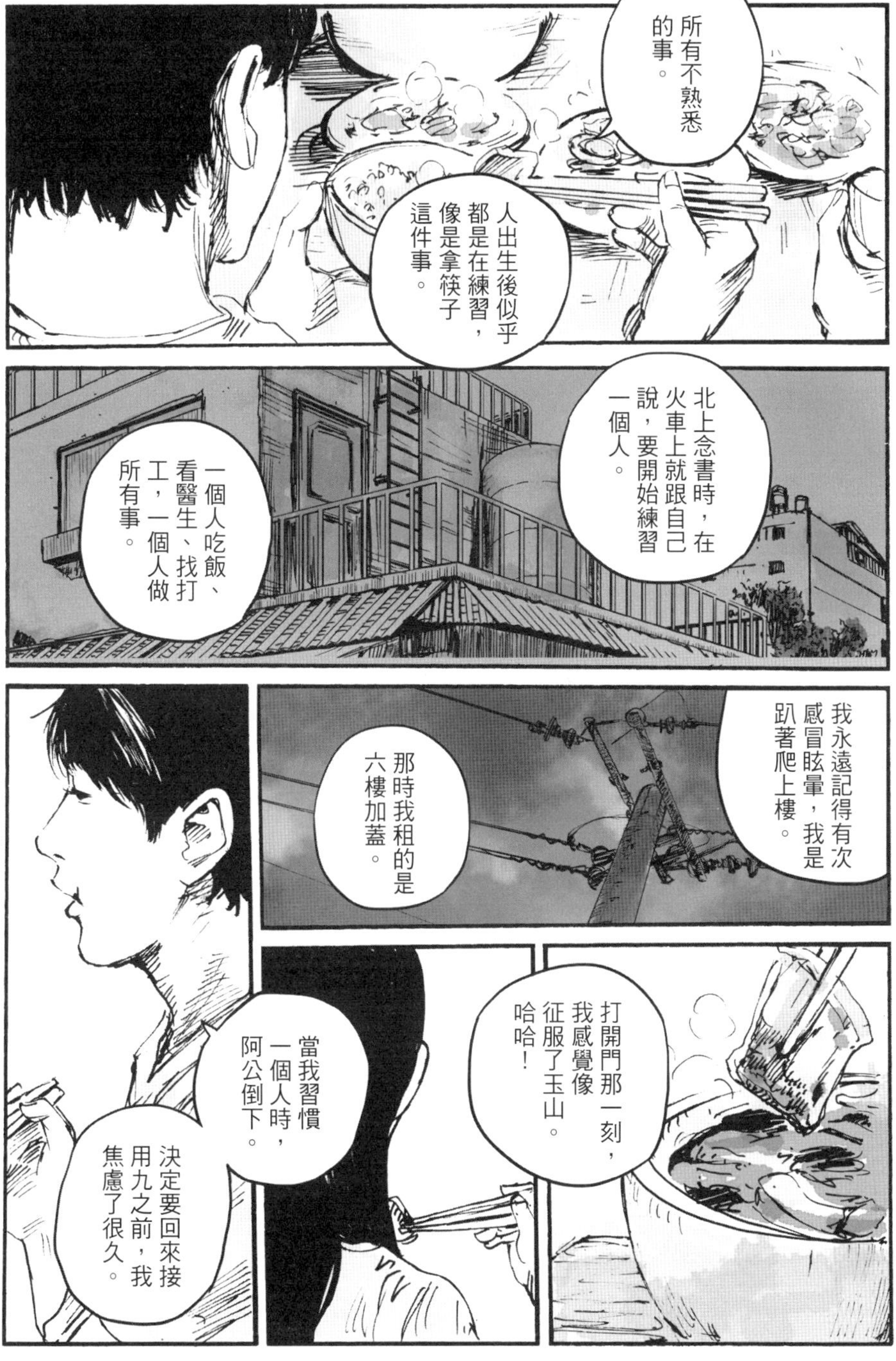

我永遠記得有次感冒眩暈，我是趴著爬上樓。

那時我租的是六樓加蓋。

打開門那一刻，我感覺像征服了玉山。哈哈！

當我習慣一個人時，阿公倒下。

決定要回來接用九之前，我焦慮了很久。

剛回來的那陣子，
生活上所有的感覺，像是裹著一層塑膠膜。接觸了，卻少了真實觸感。
花了點時間，才把它拆掉。
第一次看見妳，妳給我的感覺也是這樣。
是嗎？
嗯！當時有一種安心的感覺——

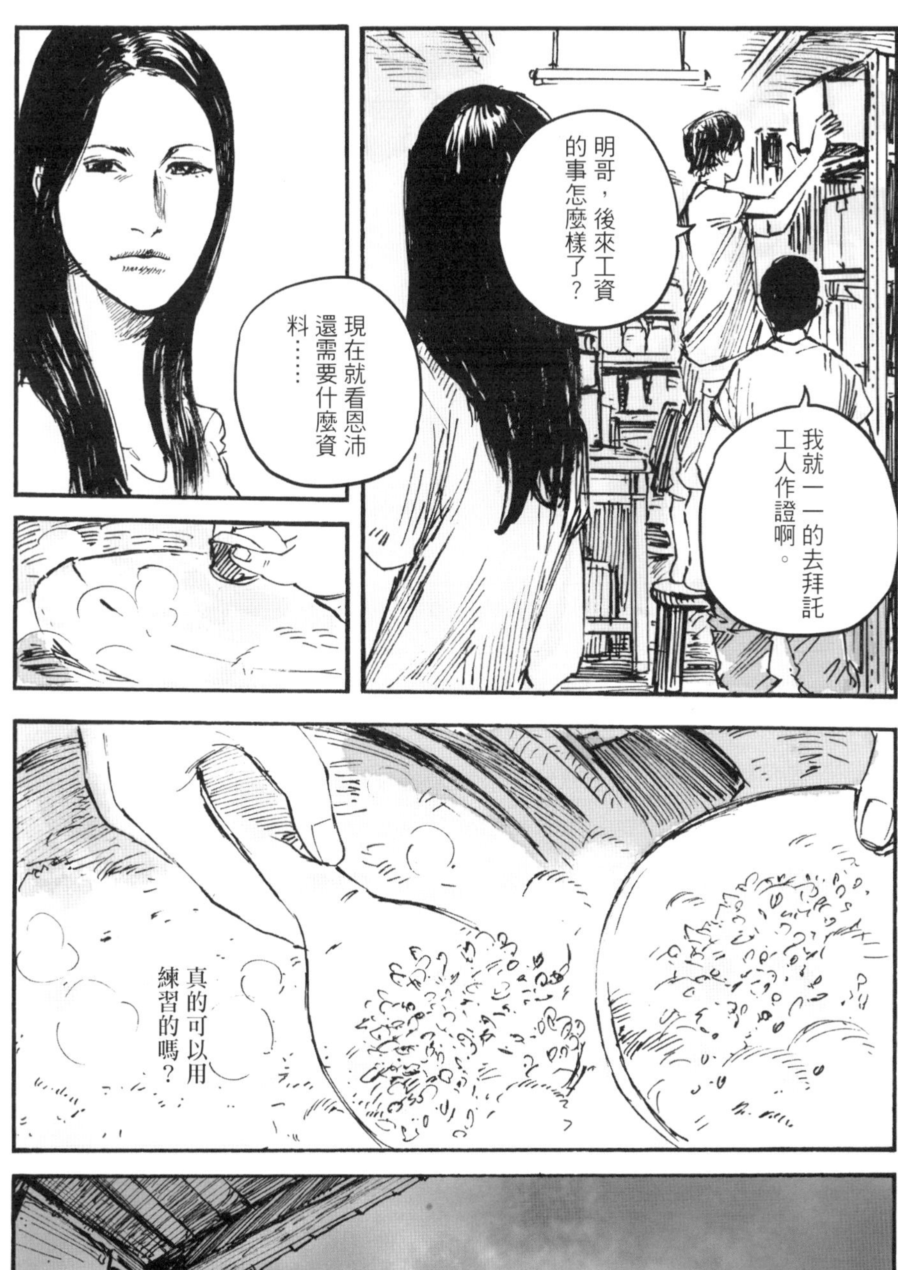
明哥，後來工資的事怎麼樣了？
我就一一的去拜託工人作證啊。
現在就看恩沛還需要什麼資料……
真的可以用練習的嗎？

不是租金太貴，
就是地點不適合……
剩一個禮拜……
沙！

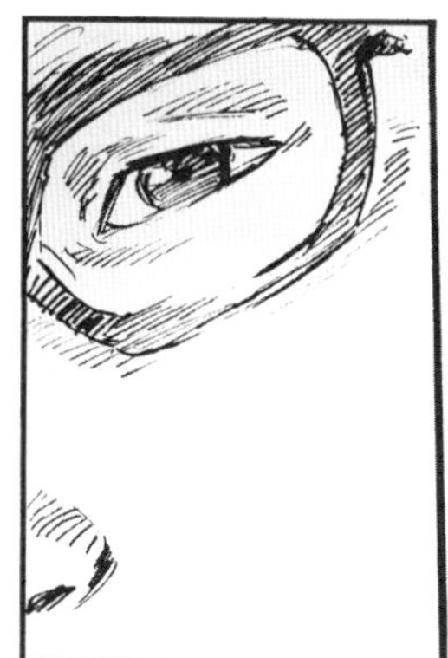

張學友
台北巨蛋
英语
培训班

別想不開啊啊啊啊！
驚！
我還以為我眼花了。
還好你站了有十分鐘，我才有足夠的時間迴轉阻止你。

老師你不是最詬病升學主義的補習文化嗎？

再說你去了，他們必定大肆宣傳招生！

……

你知道圖書館要遷走的事吧。

當務之急就是找個新的地方。

否則原本那些已經習慣下課後來這的孩子，早晚又會散去。

不瞞你說，

我現在的收入實在無力負擔租金。

所以我……

哈啾！

死定了……

你拿花盆去上面幹麼！啊不就還好我會鐵頭功。

我想拿上來曬太陽啊……

吸！

所以一起想辦法，別誤入歧途。

老師，你要堅定你的理念。

一定會有一群人出手幫忙的。

幹麼一副訝異的表情，是我剛才的話太帥了嗎？

獨家

根據了解，這位姜恩沛已經在該集團任職超過十年。

他主動接洽本台記者，爆出集團惡意拖欠工資的內幕，其中還包括疑似賄賂……

阿明哥你看到新聞了嗎？
執行長怎麼會……這跟計劃的不一樣啊！
揹！他怎會自己蠻幹！我先過去找妳！
鈴！鈴！
嘿嘿！窩裡反。
財團，為了財成為團體，也會因為財而解體。

前執行長爆集團惡意
拖欠工人薪資。
《獨家》

他這麼做，
這輩子都別想再回業界了，
恐怕還會引起相關的連鎖效應。

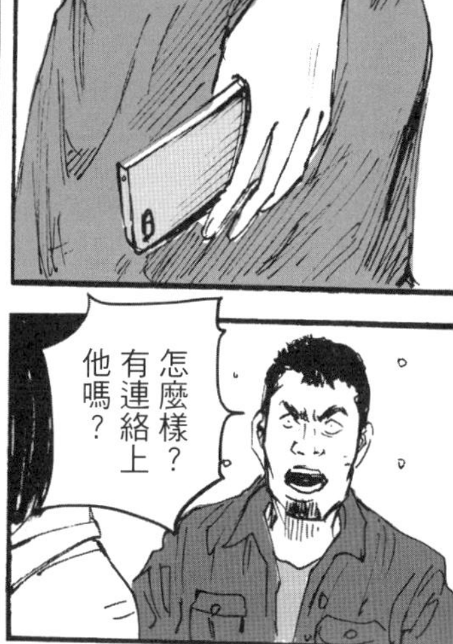
怎麼樣？有連絡上他嗎？

沒用的。
妳說沒用是什麼意思！

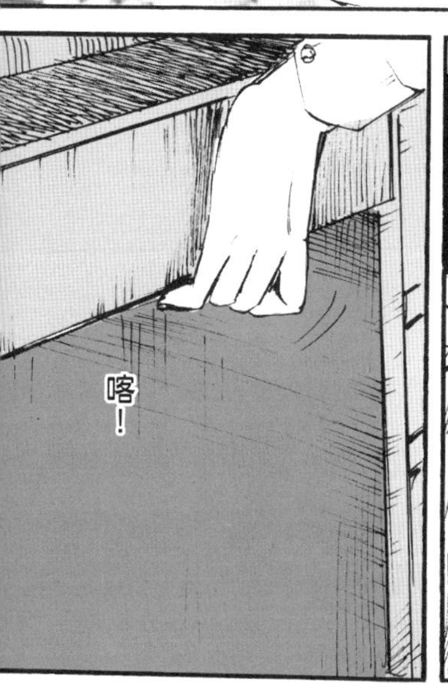
喀！

他把手機留下，SIM卡也折損，他壓根兒不想讓任何人找到他。

幹！
他到底在想什麼啊！

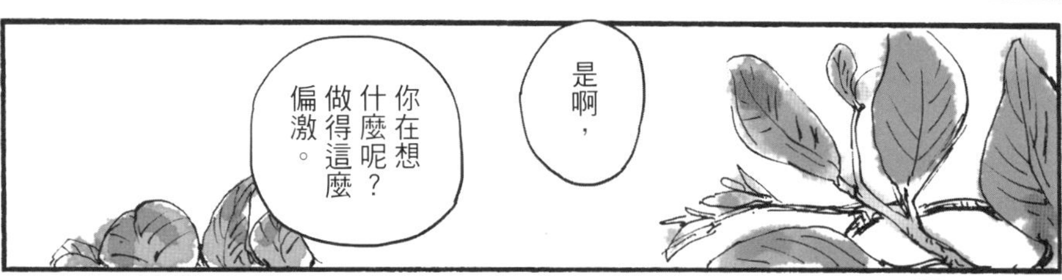

是啊，
你在想什麼呢？做得這麼偏激。
那神父你當初為何決定來台灣？
在想什麼呢？
我啊，
我是我們村裡最帥的，女孩絡繹不絕的來告白。
我受不了就跳下海，偷渡來台。

哈哈！這個版本是新的吧。
我還想了很多版本，想聽嗎？
下次吧。

對於你做的決定，我不曾下定論……

都是選擇。

一個再善的人，在某個角落也會有人厭惡。
做一件再善的事，仍會招來怨懟的聲音。

葉子這麼薄，也有兩面。

本來想正面拚搏，但是對方太龐大又做了準備，憑我們幾隻螳螂，就算使盡全力也只會留下小刮傷。
而且又會讓同伴身陷險境。
乾脆讓自己成為癌細胞，從體制內去破壞。
以癌細胞來說，你是帥的。
你還是那個會偷沙士糖回來分給大家的恩沛。
神父，我又得離開了。

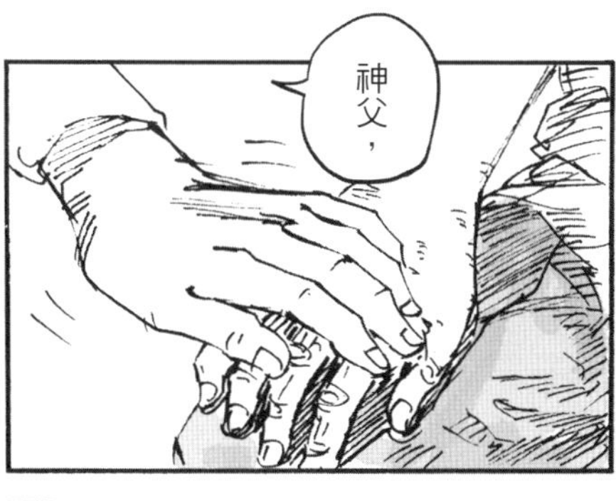

以後別再一
個人爬上來
修屋頂了。

就這麼決定了，

二樓就讓老師做基地吧。

我就說吧！
把問題丟出來，俊龍精靈都會解決的！
一兼二顧，摸蛤兼洗褲。
反正老師還是會來這吃蝸牛餅，你方便，用九也更熱鬧。
謝謝！
俊龍，來──換你謝我了。
你看我幫你拉到這麼多網路客戶！
如果做直銷，我已經是藍鑽等級了！

那麼藍鑽經理，可以拜託你把資料建表格嗎？薪資二包米。
成交！

現在是怎樣？食物鏈的概念嗎！

腦公，交給你囉。

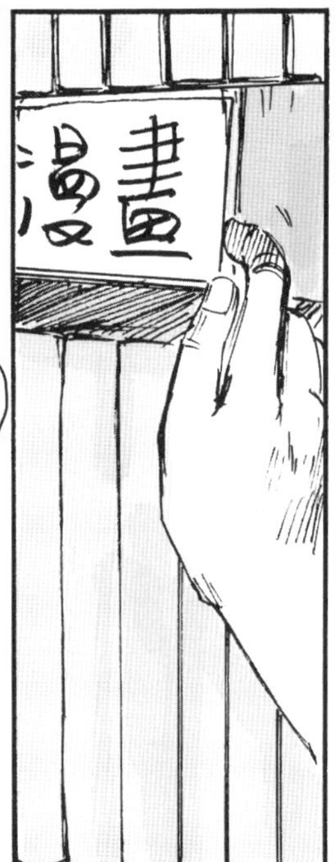
漫畫

奇怪？怎麼剛好妳都是排休。
呃！那個……
哈！哈！真的好湊巧啊！
郵局局長是我大伯啊——
沒想到事情會這麼順利。

表面看到的「順利」，

背後可能有人願意讓步或是做出犧牲與妥協。

我心裡真的很感謝，也懷著歉意。

我喜歡這裡的人，大家像是沒封膜的書。

總是提供他們所知所學，偶爾又會點醒我些什麼。

所以我更想為這裡做點什麼。
不只是考試，而是教給他們更重要的東西。

怎麼辦──好想擁抱他啊。

兩金室內設計
兩金室內
頭仔！外面有美女找。
兩金，我送來了。
飯
好香喔。
頭仔，你買什麼來孝敬我們？
靠北！
這是你們賭輸的蔥油餅！

你沒順便買飲料，這樣太乾。
太乾咧！我讓你更乾！
鳳玉在嗎？
在啊，她在裡面的辦公室。
哈哈！開玩笑啦！
啊啊！好辣啊啊啊！
爽不爽啊！
辦公室
叩！
叩！

昭君姊，妳送蔥油餅來啦！
鳳玉，
我是來回覆妳……

第三話。

北風和太陽

走吧，走吧，否則會錯過了雲，雨還有月光。

這一天，北風去太陽家作客。
吃飽後，北風突然下戰帖。
太陽驚訝的說：「北風大俠，你要比賽什麼？」

就在這個時候，
窗外經過一個人。
原來是蝙蝠馬車送修，走路上班的蝙蝠大俠！

哈哈哈！蝙蝠俠耶，會不會有金鋼狼！
哈，還有蝙蝠馬車！
哈哈！好好笑！

北風說，看誰能讓蝙蝠大俠脫下披風誰就贏。
他話一說完，就拿出無敵大風扇轉到最強風！
北風VS太陽
可是蝙蝠大俠把披風拉得很緊。
呼呼！
呼呼！
呼噗——
啊！你噴口水！
哈哈哈！
各位小朋友快一起幫我的忙啊！

貓叔很會嘛——還會跟台下觀眾互動。
戲台都快被小朋友吹走了。
我之後還想改編些台灣的民間傳說。

最終還是太陽公公贏了。
謝謝觀賞，稍後北風、太陽還有蝙蝠大俠會下去跟觀眾們見面。敬請期待！
如果是比賽把衣服穿起來，就換北風贏了。
就是嘛——

真想看北風贏一次。它真的很努力，但都是輸……

昭君，
什麼？
聽說妳答應了。

當伴娘啊！
我起初以為妳會謝絕耶！

伴娘團有妳，我就安心了。我跟鳳玉都很粗線條。

之後有很多細節要拜託妳顧前顧後。

可是我沒當過伴娘，也不懂婚禮習俗……

安啦！有婚祕在。我現在煩惱的是減肥。

廟公超過分！他說我這胎怎麼懷那麼久。

好壞。

安啦——

阿芬，
謝謝妳說我讓妳安心。

妳真令人生氣耶。
我拜託妳有點自信可以嗎？

我和阿忠都很佩服妳。
生長在那種家庭的妳，並沒有個性扭曲或自暴自棄。

妳的家人怎麼對妳，大家都看在眼裡。

我們認為妳是種子落在不幸的土壤，卻沒有長出不幸果實的楷模。
自力更生，煮飯好吃，身材又好，長得充滿異國風情。

如果我是妳，我一定會驕傲得天地不容。

而且……

因為妳，俊龍弟弟變得更積極更有活力了。
他以前總是依賴，優柔寡斷，沉悶又多愁善感。
幸好顏值頗高，否則會極度邊緣。
或許用九的責任讓他必須打開心胸。
但是妳到用九之後，感覺他轉變得更多。

是妳讓他脫下披風呀——妳是他的太陽。

哈！哈！
我不清楚，可能人跟人在一起都會逐漸的變化。
只是自己不會察覺。

真的很難，要遇到互相給熱量還要同頻率的人。

這可是身為多年人妻的心得。

人妻妳又在開黃腔對嗎？

對啦！要不要加入？

哈！饒了我們吧——

戲偶裡還有他
掌心的溫度。

在還沒成為我們之前，
都只是彼此口中的別人。

無法估計之間的
距離有多遠。

他剛才順口說了
「我們」。

心裡的感覺像現在
我的手感受他掌心的溫度。

跟當年離開時一樣，
也是只帶著這件外套。

回去後又要跟
一堆麻煩事周旋。
或許，
我本身就是個麻煩，
否則生我的人
明知把我丟在哪，
卻連來找我的念頭都沒有。

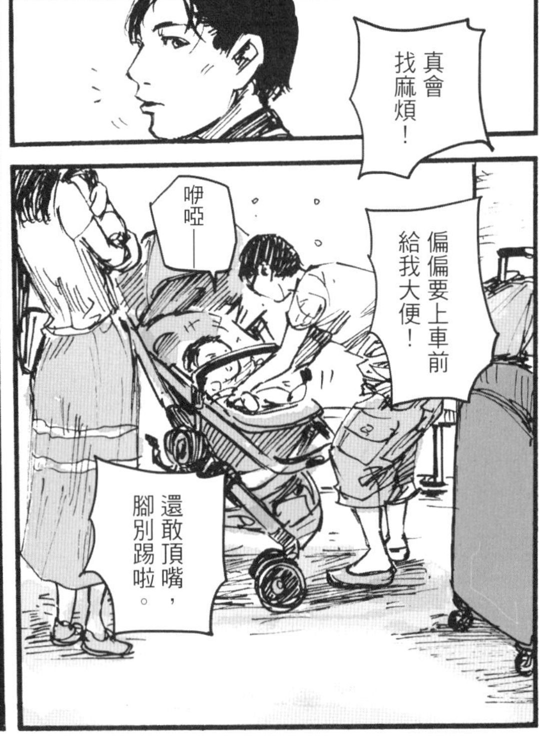
真會
找麻煩！
偏偏要上車前
給我大便！
咿啞──
還敢頂嘴，
腳別踢啦。

鈴——鈴——鈴——鈴
老婆妳先抱孩子上車，其他的我來拿。
行李很多耶，你可以嗎？

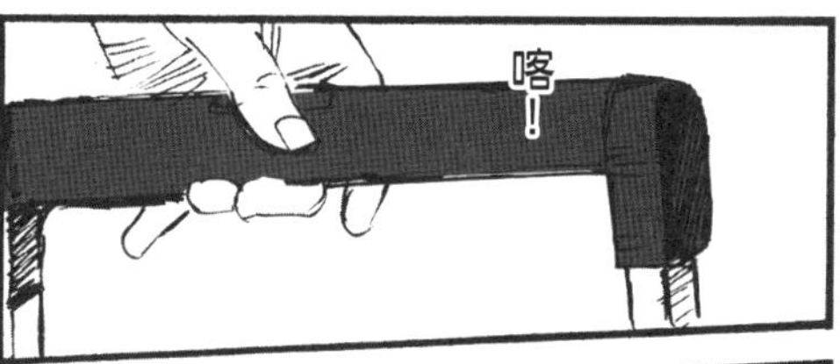
喀！

太謝謝你了。
跟叔叔掰掰——
車

你也上車吧，我把行李遞給你。

別再故意
弄壞好嗎？

送你。
這支手機花了
我一個月薪水。
不能又
弄壞喔。

坐過去！

按怎？我穿這樣有沒有很飄撇！
先說好，媒體要拍的時候，我要站中間！

我們為了帶資料，差點趕不上這班車。

阿明哥這幾天很辛苦，
挨家挨戶的去請人聯署跟錄影。

沒辦法，很多工人都很古意，都想息事寧人。
不過越息事寧人，就會讓惡人更軟土深掘。
我就一個一個去魯到他們簽名。
現在我們有更多證據了。

你們真的很煩，
不讓你們淌這渾水，還跳進來。
我得先警告你們，以後要面對很多黑暗面。

神父是我的臥底呀。
血壓偏低，你高血壓的藥先停個幾天。
可是這兩天會胸悶會喘。
按呢喔。那我幫你聽診一下。
孔鳳立

最近溫差大，可能是呼吸道過敏。
下次你把藥袋帶來，我可以更準確判斷。

各位伯伯阿姨，我沒有電腦可以讀健保卡。
之後最好連診斷書都一起帶來。
還有，雖然說我會定期來，

但不能這樣就依靠我，
如果身體真的不舒服，要立刻去醫院。

下一位，簡阿伯。

你真的是那個五育均爛，九年車尾王的孔固力啊！

孔國立啦！

碗粿姨已經很久不推著車叫賣了。
所以，她拒絕我的提案。哈！
她說又不是老歹命，幹麼做那麼累。
如果我有醫生兒子，我也不想那麼累啊。

突然回來成大任職，是有什麼緣故啊？

其實已經考慮一陣子……

回來也好，台灣的醫療資源本來就分配不均。
我剛畢業時，會跟著學長姊去離島義診。
跟當地人接觸後，真的百感交集。
像我們這裡雖然和醫院有點距離，但車程還不算太遠。
一樣都是生活在島上，享有的資源卻像兩個世界。
的確很感慨。
可是有些地方，就算有車也要好幾個小時。
沒關係，我們年輕的只好跑得勤一點，抓長補短。
是沒差啦。

俊龍！昭君……

昭君在嗎？

呼呼！我沒有她的聯絡方式！呼！呼！

呼吁！
呼！
什麼事急著找她？
呼！呼！那個……
我從果園回來的路上，看見、看見……
慢

急診
右手肘粉碎性骨折。
醫生小力一點！很痛耶！
病患喝了很多酒，意識還算清楚。

急救手術完成了，直接轉病房。
急診
她酒測值有2.0。警察說還好對向車閃避得快，否則對撞存活率很低。
要通知妳繼父他們嗎？
辦住院需要簽一些文件。
這樣吧。我陪妳去櫃檯辦理。

神父拜託——
再唸一遍就好。

拜託——
拜託——

白天不是看
布袋戲演過了？

北風與太陽
拜託你
啦——
好啦——
明天換你們唸
給我聽喔。

古早古早以前，有個旅人走在路上，
北風突然對太陽說：

「太陽，我們來比看看，誰的力量大。」

填好了。
謝謝，病人在501。

太陽說：「怎麼比呢？」

北風說……

你有看見那個正在趕路的人嗎？
要我陪妳進去嗎？
還是，妳不想進去？那我們就回家。

我們來比賽，看誰能讓那個人將身上的披風脫掉就贏。
北風說：「我先來。」
唰！

怎麼樣？
妳是來看我
死了沒嗎！
我有說錯嗎？
妳看妳！
又一副委屈的
死人臉！
就是這個
死人臉，讓
外人都認為
我凌虐妳！
搞清楚！
受連累，該感到
委屈的是我耶！
我的人生開始
變糟就是該死
的懷了妳！
妳該死的爸爸騙了
我的感情，還丟下
一大筆債務就消失！
要顧妳，還要躲
債主，好不容易
有個男人依靠，
我只是想要有個人
愛我！想要有個家！
有錯嗎！
妳就跟恩沛說他
對妳手來腳來！

被摸一下會死嗎？妳以為我不生氣嗎？
為了養妳，我被多少男人亂來妳知道嗎？
妳哭什麼哭！
該哭的是我！
妳……妳知道我多累嗎？
嗚嗚嗚！
沒有人幫我，我只是個女人啊！我很累，很想死一死算了！妳知道嗎？
溚！
溚！
嗚嗚嗚……我只是想跟普通的女人一樣……
我一直很拚……可是……可是……
溚！

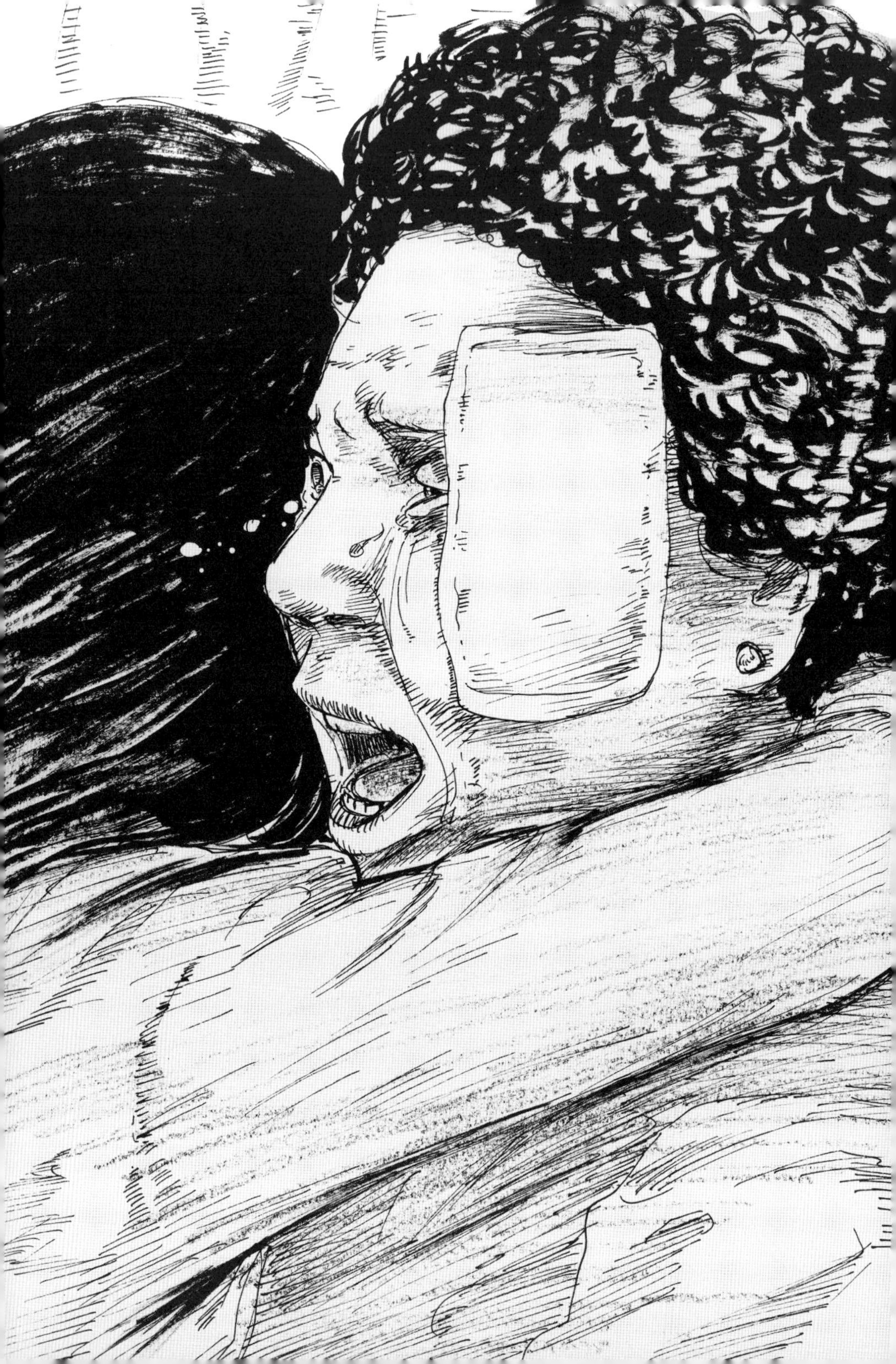

對不起……
媽——
對不起……
嗚嗚嗚……
對不起……

旅人打開了雙臂
擁抱著北風⋯⋯

旅人並不怪北風。因為北風永遠是北風，
它只會用它天生的方法來應對周遭的一切。
神父，你唸的跟故事書不一樣耶。
書是死的，所以人要活用呀。
同一個故事，你們也可以有不同的想像。
貓爺爺改編的，你們不也很喜歡。
哈哈！對呀。
好了，睡覺了。

神父，
那後來誰贏了呀？
對啊，是北風贏了嗎？
你們呢？
你們希望是太陽還是北風贏？
北風比較厲害，因為我的風箏被它吹斷了。
哈哈！誰贏誰輸都沒關係啦。

重要的是，
旅人有朝著她想去的地方
繼續前進。

第四話。

留梼

膨脹的冀望成了養分，房子長出了枝椏。

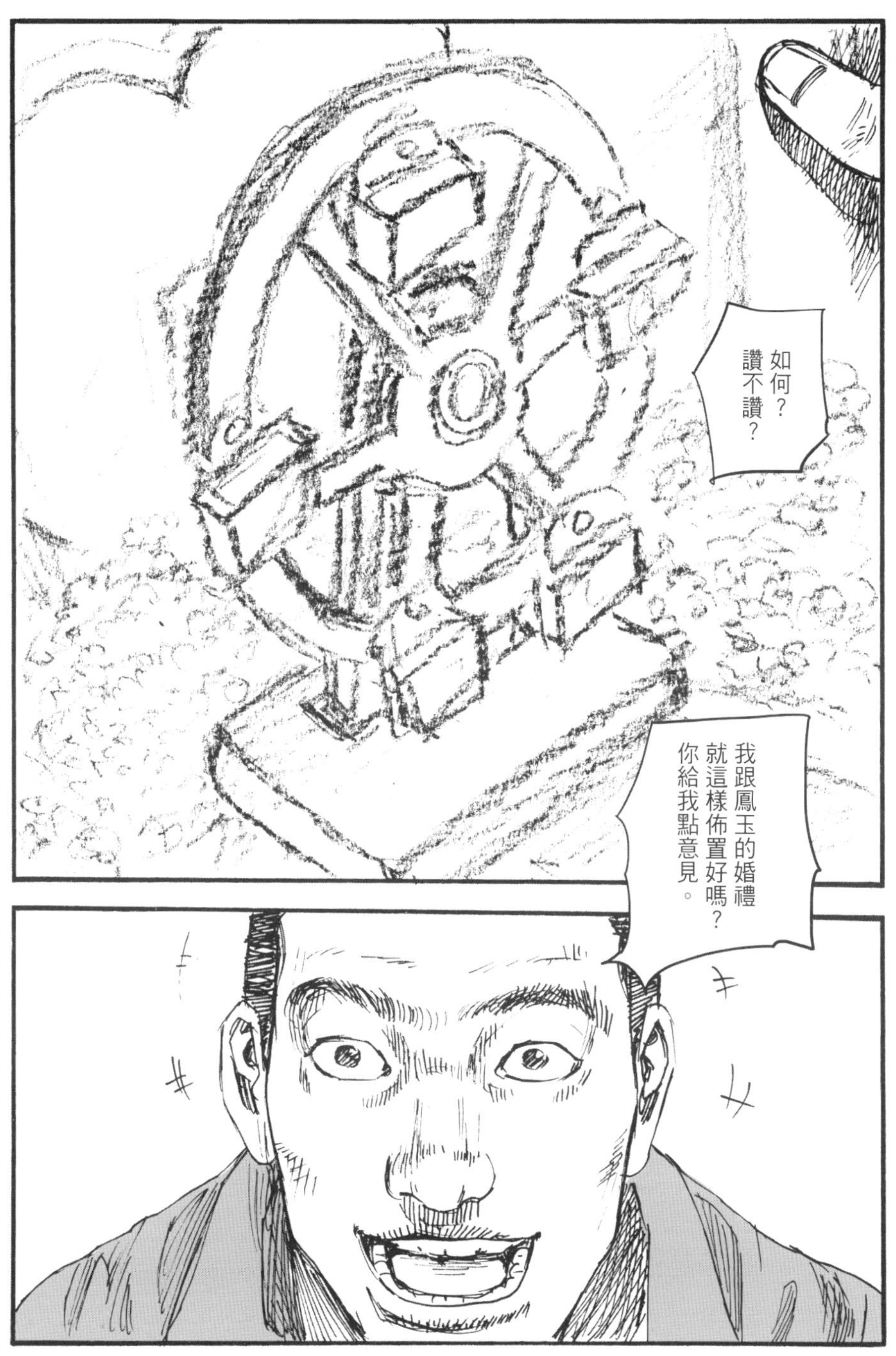
如何？
讚不讚？
我跟鳳玉的婚禮
就這樣佈置好嗎？
你給我點意見。

可以等我刷完牙再問嗎？
要結婚的都會像你這樣急躁嗎？
沒頭沒腦的說什麼啦！
阿知，我第一次結婚，哪知道道啦——
呃！那個，你們住一起了嗎？
那個啊。

有兩支牙刷耶。
看不出來你們進度那麼快——
恬恬食三碗公
你海巡喔，管那麼寬。出去啦！
喀！

牙刷，
是颱風天在這
過夜用的。
最近一次用，
是阿公頭七那晚
她留下陪我。

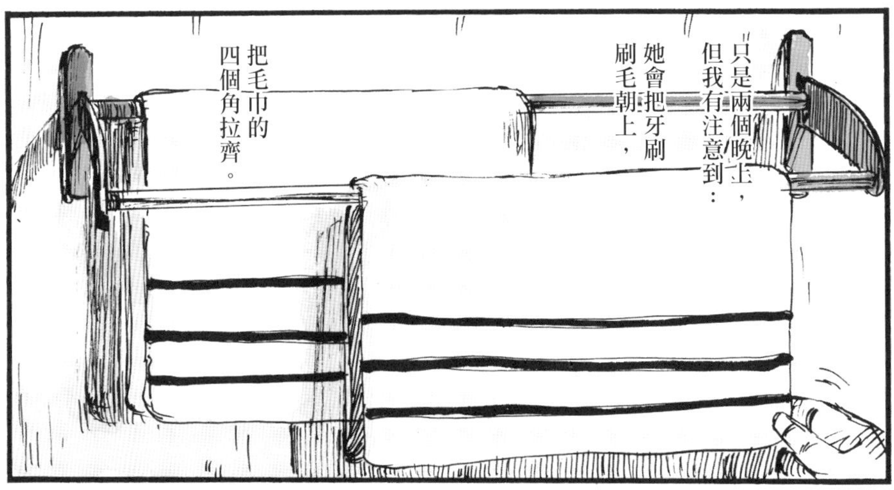
只是兩個晚上，
但我有注意到：
她會把牙刷
刷毛朝上，
把毛巾的
四個角拉齊。

雖然只是兩個晚上，
我就染上了這些習慣。

咕嚕—
咕嚕—

早餐吃鹹粥喔。
好啊。
這鹹粥夭壽好吃！我幹掉三碗了！
你不是要減肥——

我煮很多，喜歡就多吃。
幹麼笑得那麼變態！
你們兩個的互動，比我跟鳳玉更像夫妻耶。
噗哈！乾脆我讓你先結婚好了。
吃你的粥啦！煩耶！
我去醫院，傍晚回來。
外套帶著吧，傍晚會變冷。
嗯。

磅！
幹！可惡！
磅！
磅！
有夠不順！幹！
怎麼最近那麼容易暴怒？
正值老人叛逆期吧——我去弄碗稀飯給他。
勇伯，休息一下。吃稀飯。
來——燙喔。

閃遠點啦！
啪！
鏘！
嘎！
嘎！
哼！

呼！

要再一碗嗎？

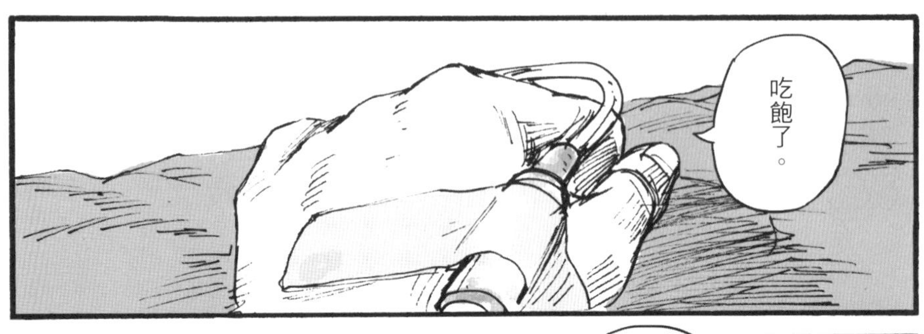

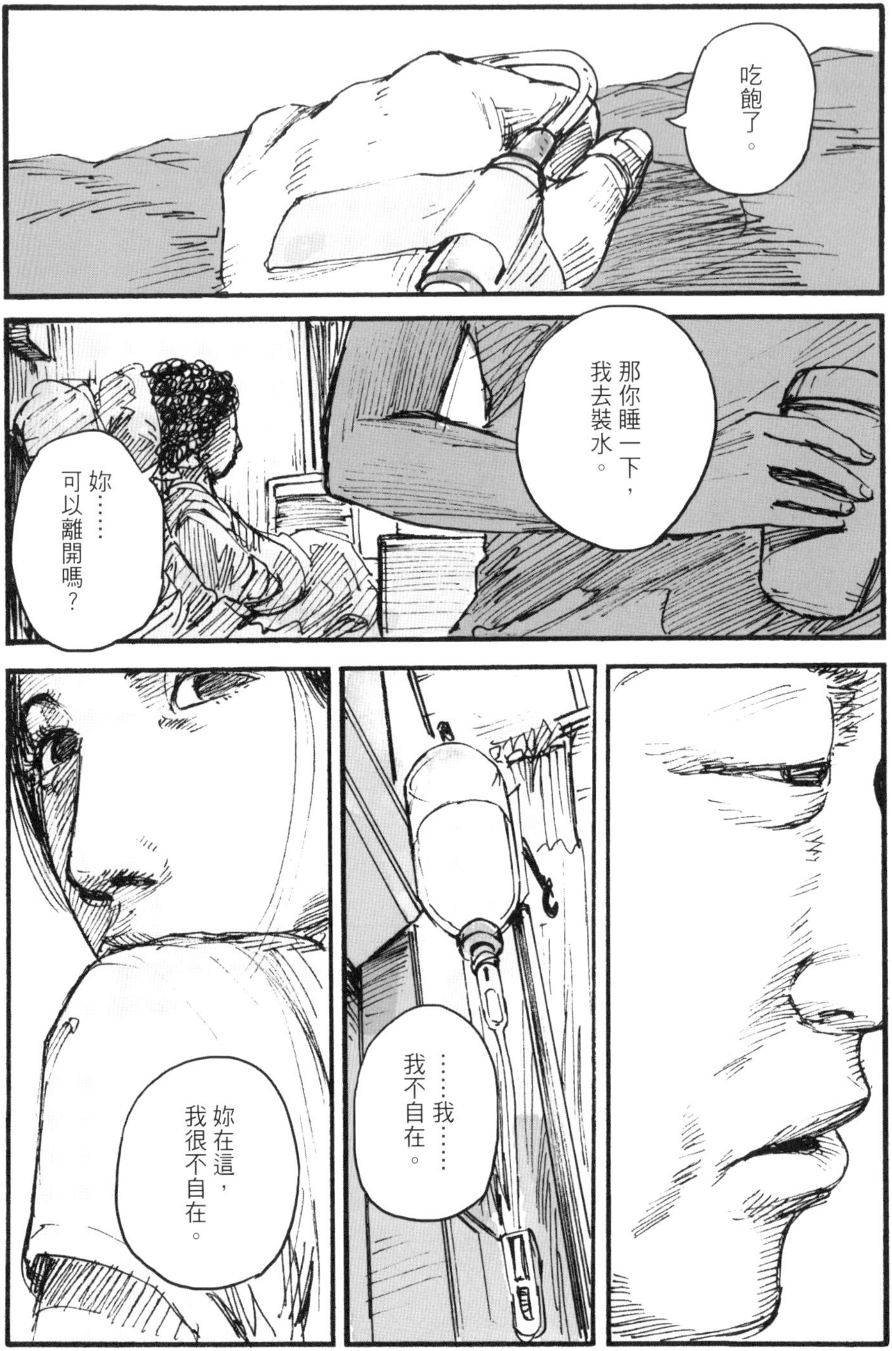

……我……我不自在。

妳在這，我很不自在。

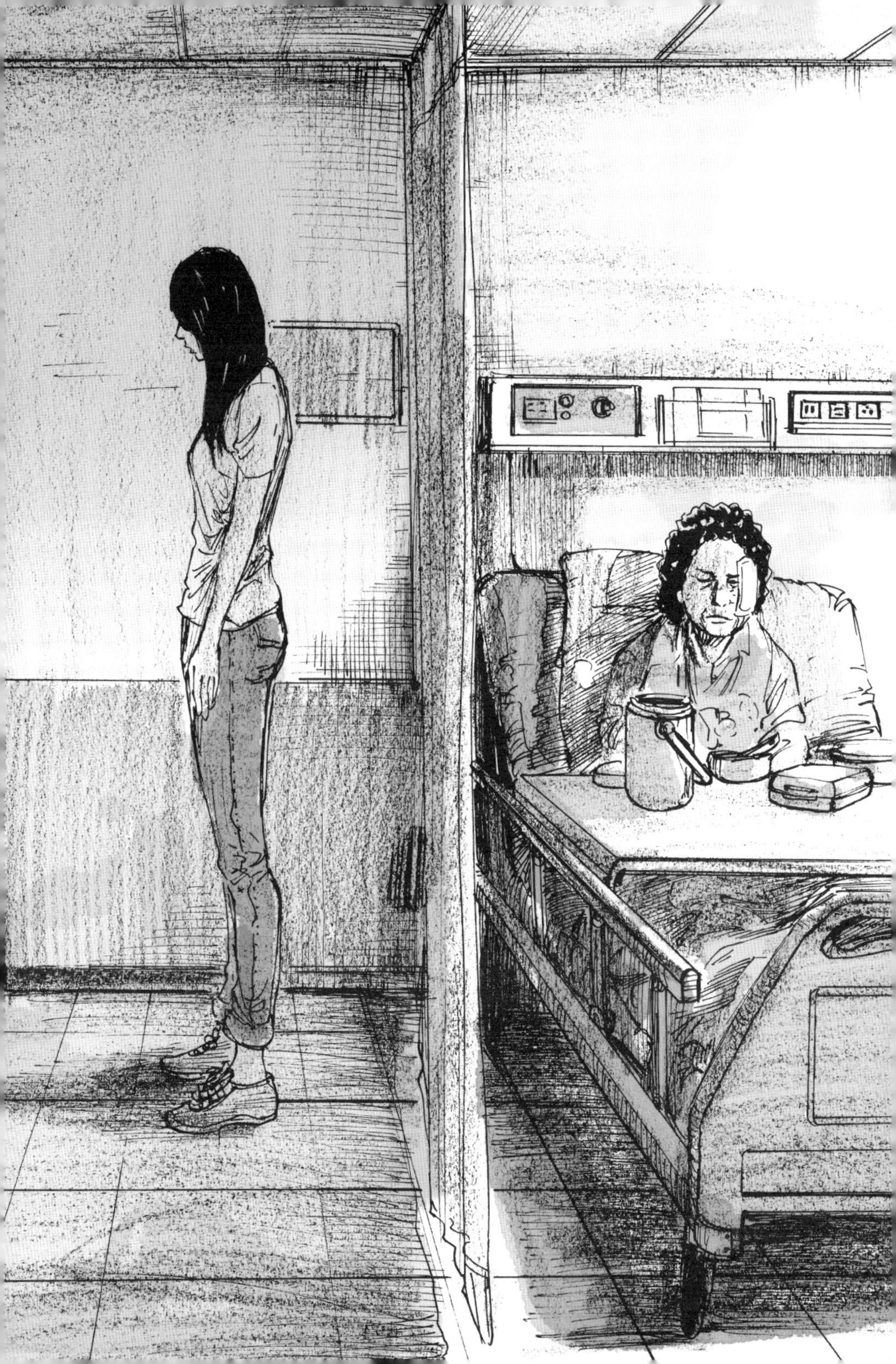

唰！
阿姨，換藥囉。
怎麼妳女兒來一下就走了，趕著上班嗎？

唔，妳有胃口囉。太好了。

昨天妳都沒吃，我問她您喜歡吃什麼。

原來是鹹粥呀，妳真幸福。

妳女兒知道妳愛吃什麼。
通常是爸媽記得小孩愛吃什麼……

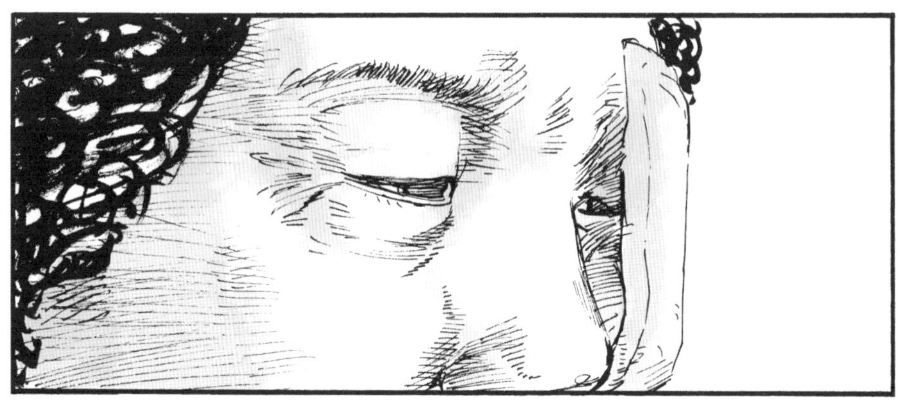

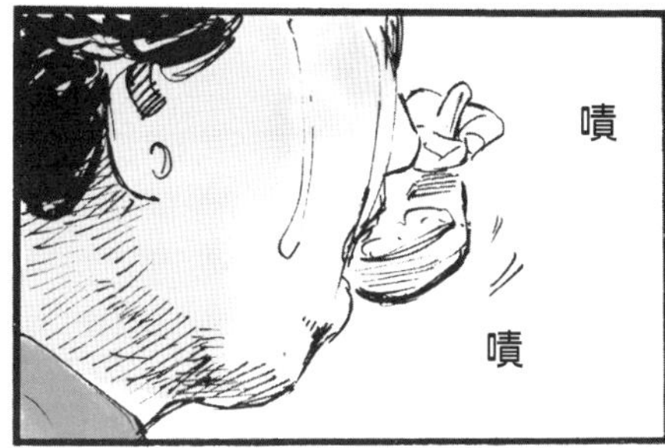
嘖
嘖

阿姨記得吃飽後要吃藥喔。
嘖
嘖

嘖
嘖
嘖

北天宮

廟公還沒回來啊？

約好要拿會錢給他。

你也跟會喔。

我那個煮醬油的灶要多砌二座。

俊龍說網站很多人注文，

一個灶應付不了訂單了。

這樣你跟阿雀做得來嗎？

※注文：閩南語，預訂、預約之意。

俊龍也是擔心我們做不來。
我也不知道他怎麼牽的，
他找到學校安排學生來實習。

他說每年都會有學生來學。
這樣很好啊。

他們這代年輕人很有心啊。

以前去菜園就是巡一下，
阿芬還弄了小朋友農場，菜園變更好玩了。

我覺得庄裡的老人比較有活力了。
真的！還好這裡有他們。
歹勢！讓二位久等了！

哈囉！
天壽！你是著猴喔！穿這樣！
※著猴：閩南語，罵人舉止如猴子般不正經。
你是要登台變魔術喔！

可愛的兩金邀我當他的伴郎！
這是我精心挑選的造型，帥吧！
我擔心你被誤會是樂隊領班。
沒禮貌！
嘎！
阿勇！兩金要我問你……
嘎！
嘎！
嘎！
喂！
阿勇啊！
喂！

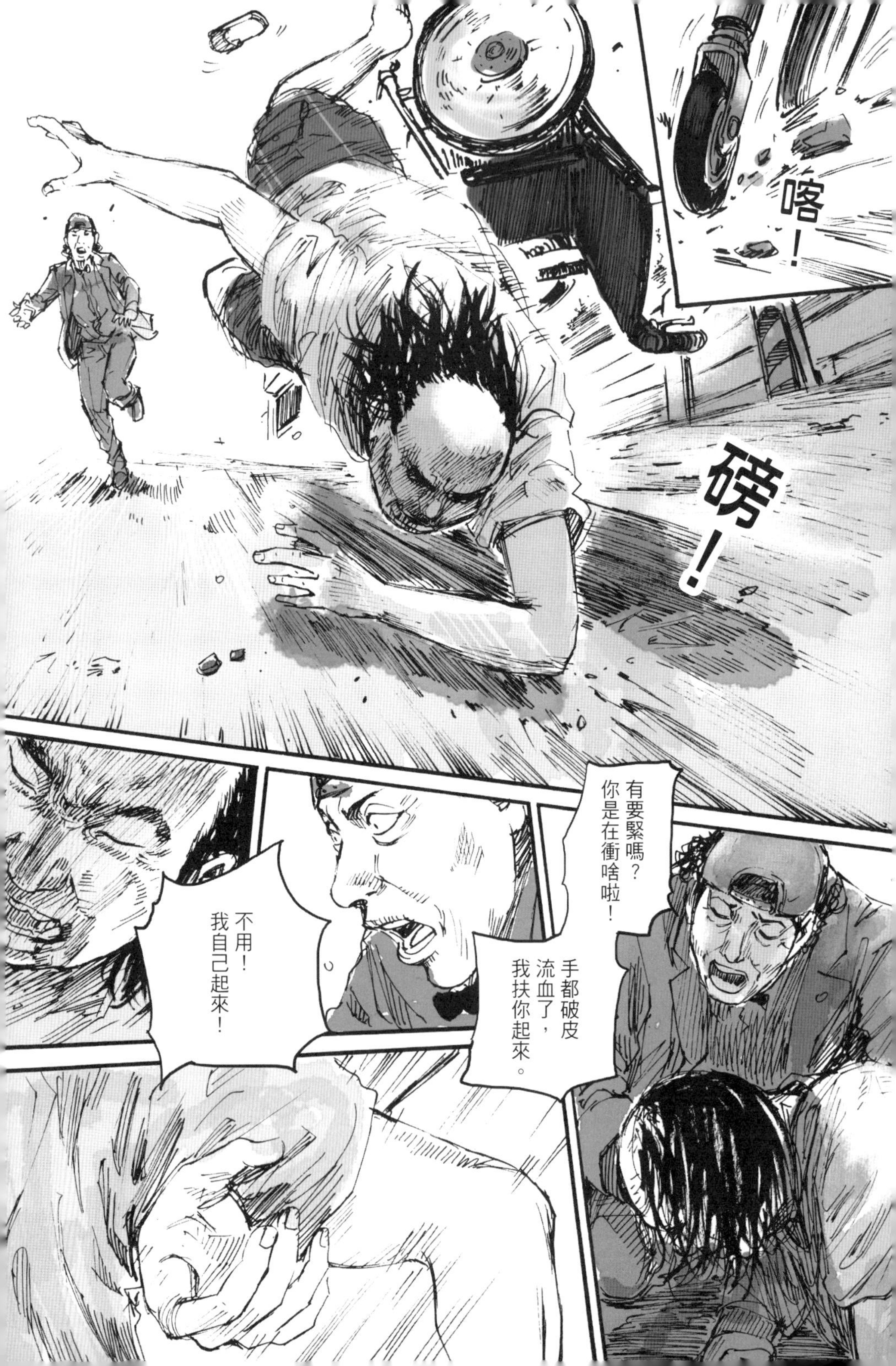
喀！
磅！
有要緊嗎？你是在衝啥啦！
手都破皮流血了，我扶你起來。
不用！我自己起來！

呃！衝啥！
放我下來！幹！聽到沒！
勇伯你別跟蟲一樣動來動去啦——
幹！快放我下來！
到店裡我就放你下來。
好啦——等一下給你喝酒。乖。
是怎樣……

在廟公苦勸下，
勇伯才不情願地說出來……

勇伯一直沒辦離婚
即便三朵花在他中風後
陸續離開他。
但，可憐的背面有時
是可惡。
他清楚自己的脾氣
如何傷害妻小。

當一個人無法隨意
的操控身體時，會
更想控制別人吧。

不離婚是他最後的控制，
不過也可能是有所期待。
他曾用分家產作為
贖罪的籌碼，
可是仍沒有人跨過門檻
來看他……

前幾天，
他大兒子打來說
母親已經過往。
不用再顧念她的感受。
他和二房、三房商量好，
要把土地賣給建設公司
換現金，就差勇伯的
那份地。
大兒子掛斷電話前丟了句：
你欠我們的！
如果血緣跟情感用
「欠」當度量……
那麼剖開表層的
關係後，
看見的是否只剩
「交易」……

506按鈴喔。
好，我過去看。

唔？
小姐！

501

傍晚的時候，
玉雲阿姨的先生
來幫她辦轉院。
我問她要不要通知妳
或告知轉去哪？

她沉默一會，
搖搖頭。
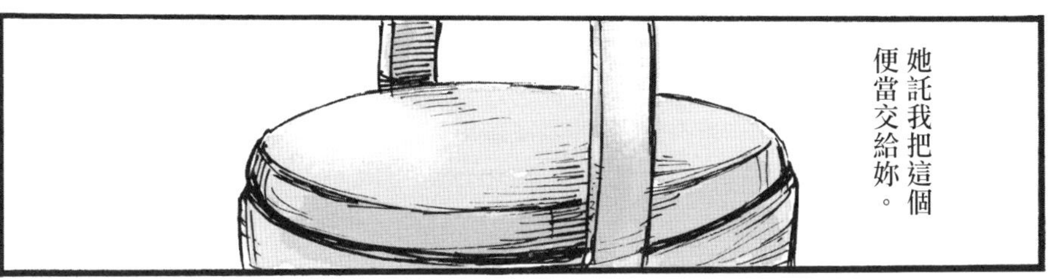
她託我把這個
便當交給妳。

窸窣！

喀啦！

沙！

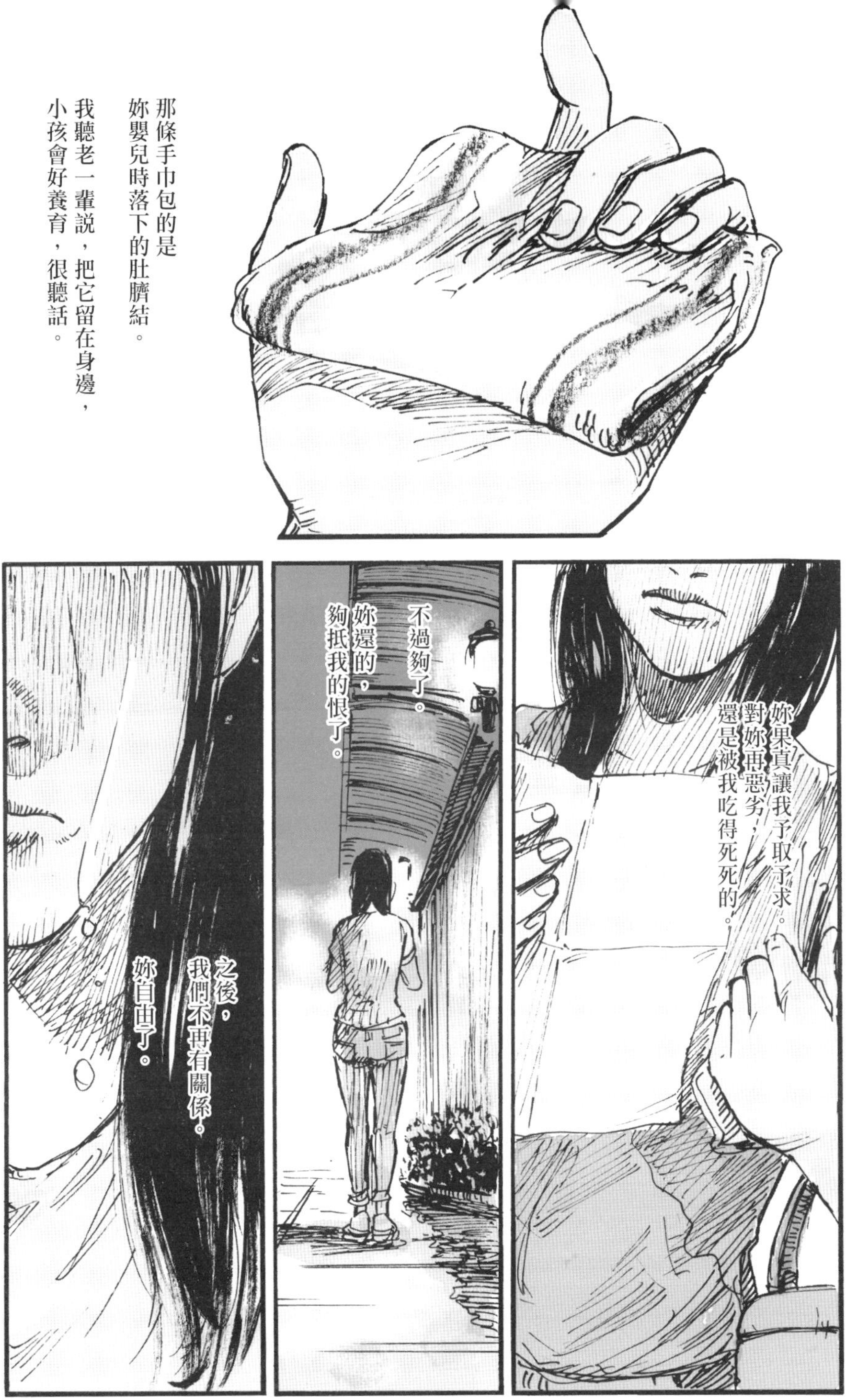

那條手巾包的是
妳嬰兒時落下的肚臍結。
我聽老一輩說，把它留在身邊，
小孩會好養育，很聽話。

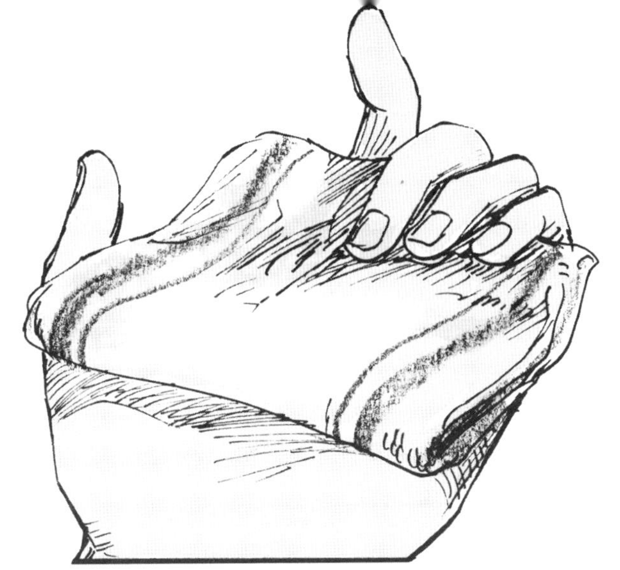

妳果真讓我予取予求。
對妳再惡劣，
還是被我吃得死死的。

不過夠了。
妳還的，
夠抵我的恨了。

之後，
我們不再有關係。
妳自由了。

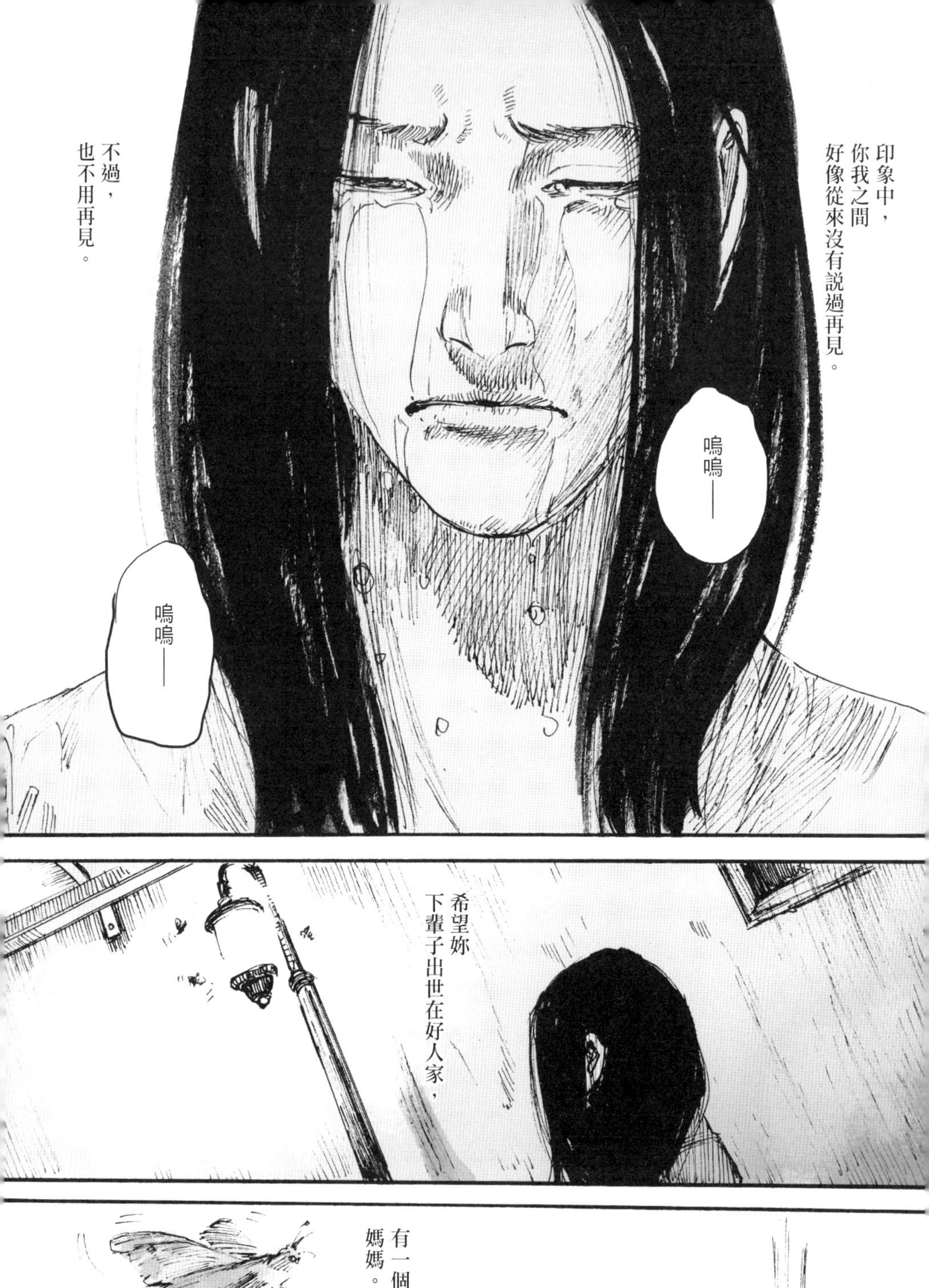
印象中，你我之間好像從來沒有說過再見。
不過，也不用再見。
嗚嗚——
嗚嗚——
希望妳下輩子出世在好人家，
有一個愛妳的媽媽。

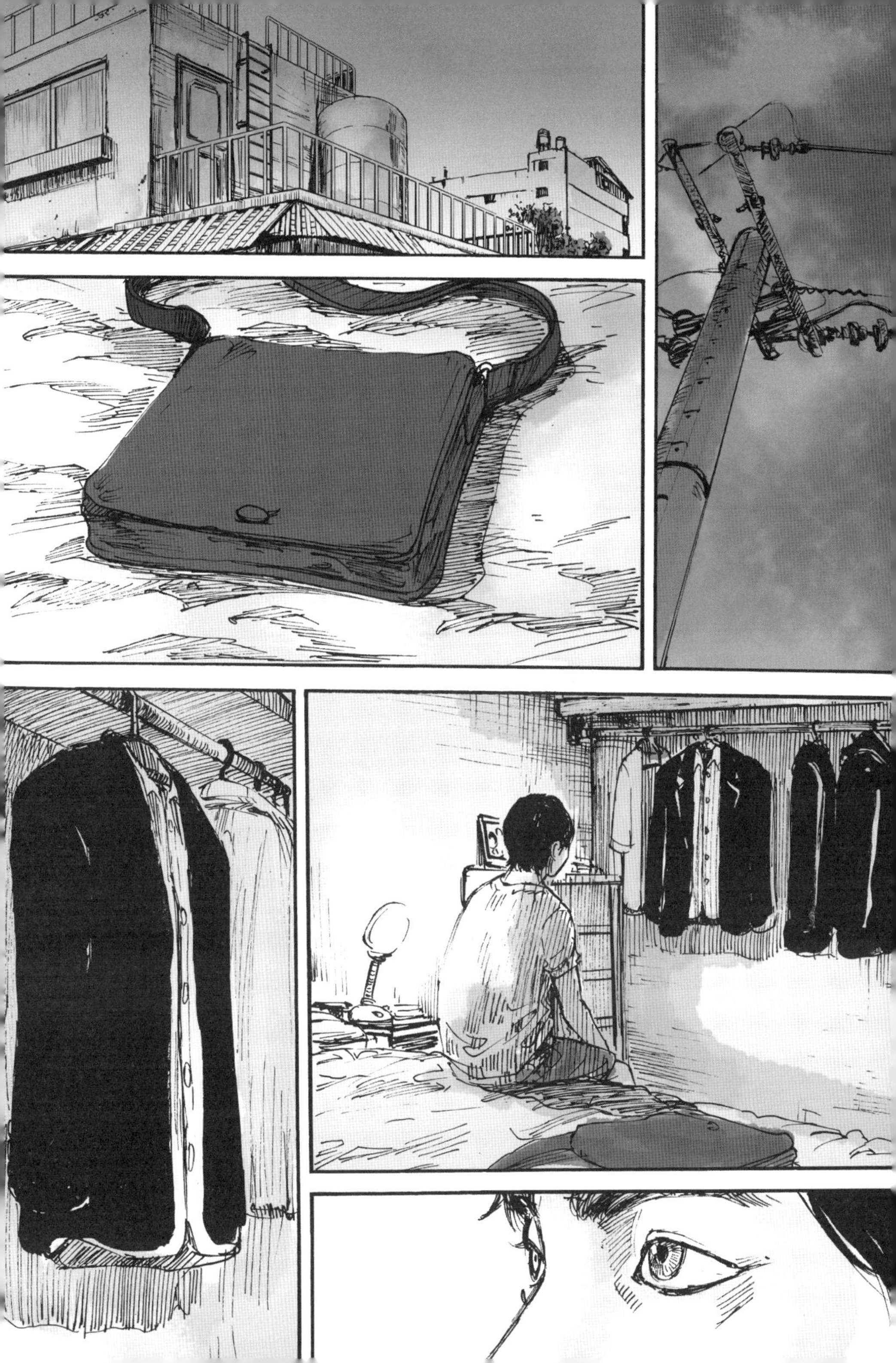

啾！
啾！
俊龍！幫我拿一百菁仔！
喀答！

沒看我在忙喔，自己進來拿啦！
哥，阿嫂你們怎麼在這？
哈！我們擔任一日店長。
用九商店
俊龍跟昭君呢？
昭君說備完料要去教會一趟。
幫我搬。
我拒絕。
我用大舅子的身分命令你。
嘖！
至於俊龍弟弟……

新光三越
嘩!
嘩!
嘩!
嘩!
嘩!

幸福

叩！
叩！
喀！
董事長、趙經理，晏如，
好久不見啦——
唔！
……
咦……
前輩，他是誰？

俊……俊……俊龍！

嗨！感覺公司和大家都越來越好了。

我們花了好幾個月評估，怎麼可能會有遺漏！
你是因為業主是你認識的人吧！
別激動，我承認我確實有一點私心。可是，
你聽過建商為了開發案，長期在當地居住，以便深入了解的嗎？
而這個建案，我就住在那，你們沒有人比我更了解。
你看過後，覺得哪裡不對，隨時可以吐槽。

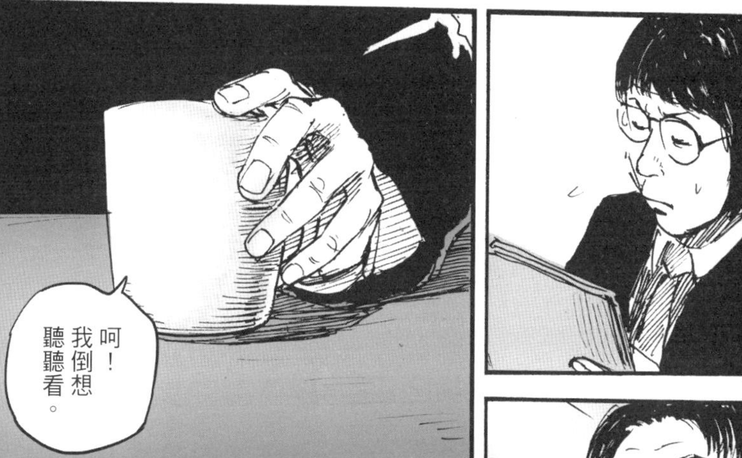

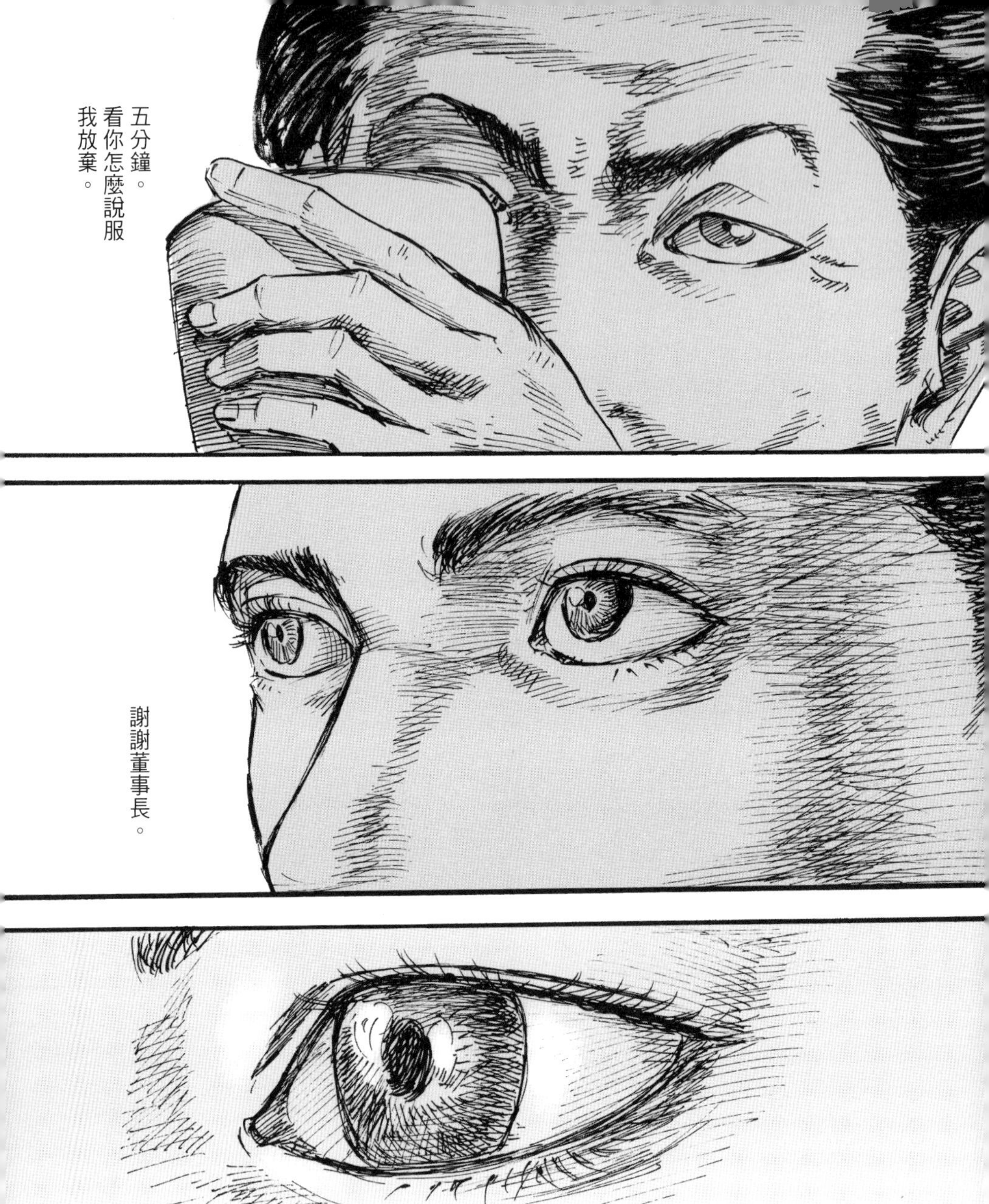

五分鐘。
看你怎麼說服
我放棄。

謝謝董事長。

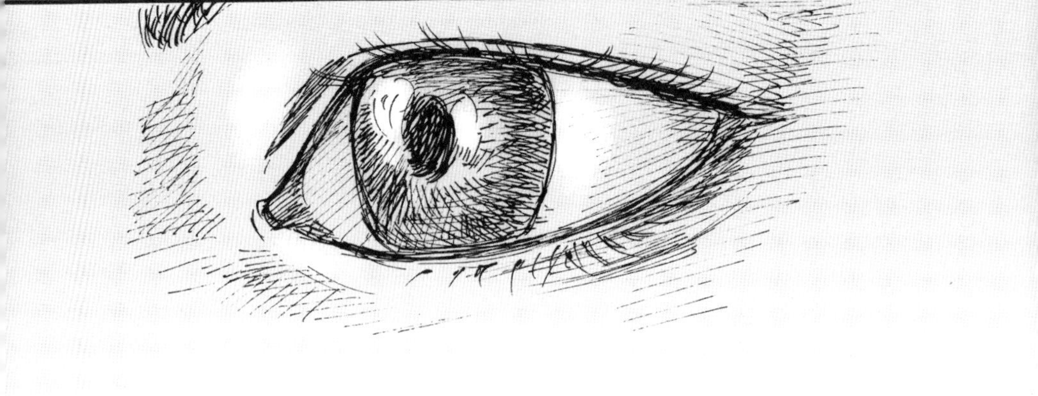

我一直記得房子邊上有一個一個凸出來像階梯的磚。

我跟阿公說，勇伯家的樓梯好奇怪！

怎麼會蓋在外面？

阿公笑著說：憨孫，那不是樓梯。

那個是為了以後要把房子延伸蓋出去的樁。

那些凸出來的樁仍在……

勇伯嘴硬不承認。
可是，心裡一直在等吧。

他在等——或許有一天，妻小會原諒他……

他們會再回來。
一家子再團聚。

或許他知道
我幫他後，

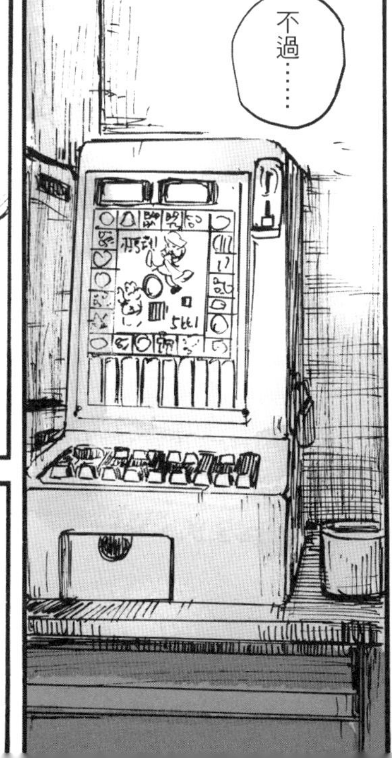

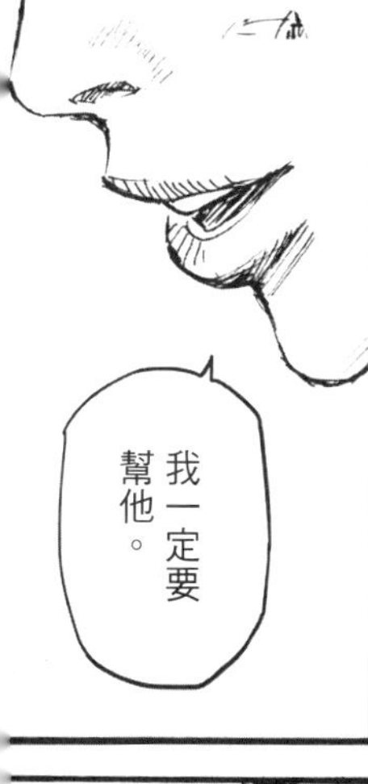

加油！

嗯！

第五話。

一天，又一天

說早安，說再見，說晚安，

喜怒哀樂的共鳴呼嚕咕嚕，像電鍋的蒸氣。

用九
用九

呼嚕——
呼嚕——
呼嚕——

俊龍哥，那就約下週一拍婚紗喔。
我們先閃囉，大家掰掰！

我公告都寫好了，整間店都給你們用！
用九公告
下周一本店因雨金鳳玉拍婚紗不做生意，但是歡迎觀禮。

我傍晚再過來。
嗯！慢走。

掰啦——

碗筷就麻煩值日生囉。

俊龍，樓上交給我，這裡麻煩你。
沒問題。

很厲害耶！
噗！
啪！

你是怎麼辦到的？說服建設公司放棄。

勇伯家的地，古早是湖水湳仔地。
老一輩的都知道。

就像修鞋子的，大多是製鞋的師傅。

我做過這行，當然清楚他們會顧忌什麼。
如果要講解到讓妳懂，今年就過去了。

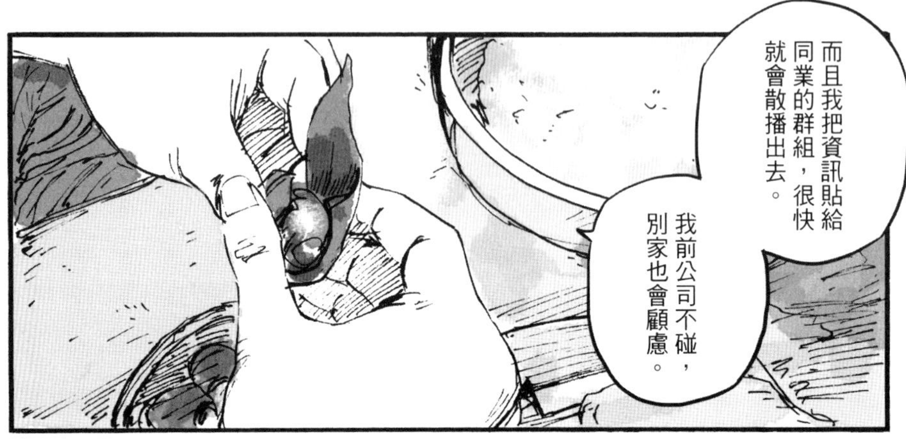
而且我把資訊貼給同業的群組，很快就會散播出去。
我前公司不碰，別家也會顧慮。

天壽，原來他心機這麼重啊。
就是說咩，用清純的糖衣包裹著內在的城府。
而且是金色的，所以叫金城府。噗哈哈哈！
噗哈！很難笑耶……
喂！我都聽到了。

不過，勇伯的大兒子應該不會輕易放棄。

所以我建議勇伯這麼做……

噎噎噎噎！
毋通啦！
為何要把土地轉給我！
我又沒做什麼……

我要給你，你不能不收！

我覺得合情合理。吉誠叔回來後就住在勇伯家。

因為外傭都怕到不敢來，所以他的起居都是你在照顧啊。
別激怒他啊——

收下吧。這樣阿勇也不用再被情緒勒索。

※啥潲：一種較粗俗的閩南語說法，表達「無聊、無用之事」。

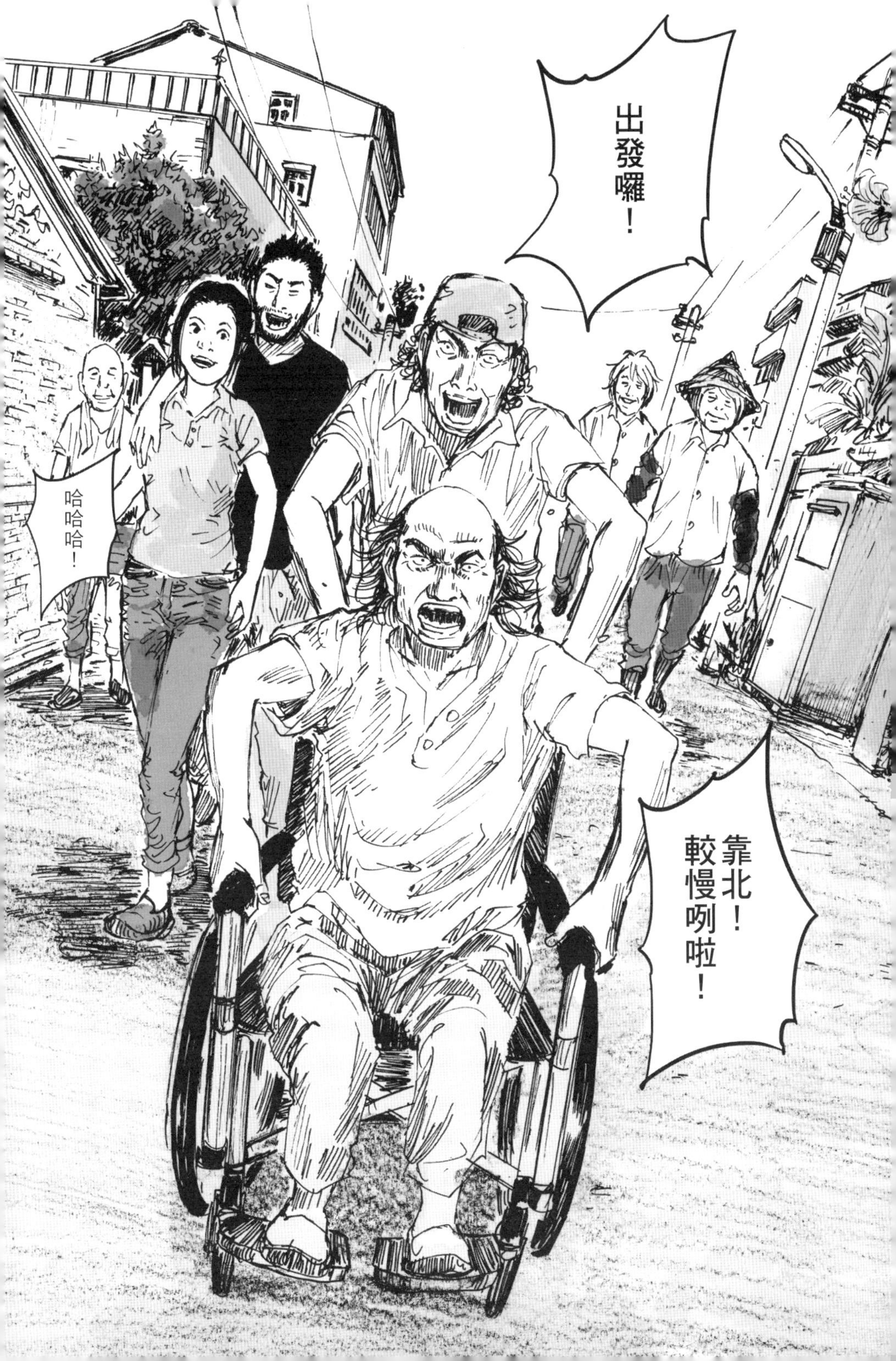
出發囉！
哈哈哈！
靠北！較慢咧啦！

汾酒

我去教會，送神父去搭車。
他說想去看恩沛他們。
中午回來吃嗎？
會啊。
店交給你囉。

自由時報

直擊

勞工VS建商
誓死討回公道！

喀啦！

喀！

公用電話

告別是一天一天逐漸的，起筆後就是一筆一筆在為結束作準備。所以稀鬆平常的相處更是珍貴重要。

先謝謝大家陪我一起跟《用九柑仔店》相處了這段時光。

《用九柑仔店》是我少數完整的長篇作品，偶爾會想起那些未完成的，思索自己這二十年都蹉跎了什麼。之前因外在情勢以及自己的緣故而停住的，我也在苦惱怎麼完成，不過這樣的好處是，離道別就可以再遠一點。

人似乎在道別時反而更想不到要說什麼。

在想如何畫最後一集時，大多是道別時的語塞，是否要把人物一一叫到大家面前給個交代？還有哪些人跟事被我遺漏了？收尾應該是平靜的，但看的人耐得住嗎？想過幾種版本卻也將它們逐一推翻。

我一直很喜歡電影《美麗人生》的一幕，男女主角一起走進花店，鏡位的視角就像朋友站在店門口等待，停頓的秒數抓的跟買束花結帳出來一樣，但男子手上卻是多抱著一個他們的小孩。現在腦子回放這一段，還是感動得如同第一次看到，自己似乎沒有能力創造出這樣的情境。想了幾個結尾，最後還是依照自己的慣性，邊走邊延伸出路。

能撐到五集我本人也感到意外，我是怕節外生枝怕麻煩的人，這跟編劇需要「講一个影，生一个囝」、「抓到線頭拉出整件毛線衣」理論相抵觸。所以情節的發展有不少是仰賴編輯們提供我可以朝哪些方向構思，或是聽她們分享正在追什麼劇，戲的內容是怎麼演的。我有吸收，但只是附著在表面。我知道自己固執得像條柏油路。謝謝編輯、企劃、美編實在包容我很多很多，特別是拖稿這部分。

連缺點都包容，就是真愛了

我要謝謝王榮文董事長，那年如果他沒應允靜宜的提案，俊龍他們都只是沒有身軀的遊魂，而我的狀態也只比俊龍好一點，有身軀不過生活狀態似無主孤魂，真的是山窮水盡。在一次活動場合，我過去跟他握手表達感謝，他只說：「你好好的畫。」

很感動，但也感傷。

假如將畫漫畫謀生比喻成河邊垂釣，作者跟出版者把做出的魚餌放上魚鉤。起初那陣子會滿心憧憬，而時間隨著河水流動，魚餌跟魚獲的反應有明顯落差時免不了感到失落，心情下墜像魚線上綁的鉛塊，這樣的失落感是無能為力，無力能為。然而河還在，只要耐心跟著蕩漾的浮標繼續期待。

我認為作品除了代表自己，同樣也是本護照。假如各種領域的創作都各自是一國，幸運的就有可能拿著護照去到其他國家。我很幸運，這次《用九柑仔店》能去影視的國度。從和電視劇組團隊（華人創作＋鹿路電影）開始接觸，開會討論劇本、選角，參與讀本會議及看完剪輯片花，真的感受到劇組投注很多時間跟心力，或許時間還可用金錢的單位去衡量，但心力是很難在過程中去具體計算和呈現的，它像風，看不見卻知道它吹過，唯一能展現的就是成果，真的超級感謝參與劇組的所有成員。知秦跟潔瑩在臉書上說，參與這部戲可能未來十年都難以忘記。我想說，如果有種回憶能維持十年，那已經是人生而不再是一部戲了。再次謝謝劇組團隊。

寫到這也該結尾了。

謝謝讀者們包容我的作品中仍有許多不盡如人意的小缺點，日後我仍會保持這些缺點繼續畫畫，畢竟人總是會對缺點在意一些。

而連缺點都包容，那就是真愛了。

早叫你換車了！
手機沒電了，救援個屁啊！
你有沒有在用力推啊！
道路救援什麼時候會到！
我用力到大便都快拉出來了！
叭！叭！
上車吧，我可以順道載你們去找修車廠？
太感謝了。
你們也是下鄉玩嗎？
要去辦桌。
我快熱死了啦——
金發，附近有家柑仔店，繞去買些乾貨。
歐吉桑，你是不是又迷路啦？
8886-GF

哪有迷路！你看，我們在紅點的位置啊。
嘉東中路
師傅，我們的位置是這個游標……紅點是目的地。
吼！你連地圖都看錯！笨死了！
揹！地圖是死的，人是活的。我活用地圖錯了嗎？
不然我們找家店坐一下，再研究一下路標。
就這麼辦吧！
昭君，伴娘服修改好了喔。
唔！

金針

Taiwan Style 59

用九柑仔店 ⑤成為相互照耀的暖陽

Yong-Jiu Grocery Store vol.5

作　　者／阮光民

編輯製作／台灣館

總 編 輯／黃靜宜

主　　編／張詩薇

美術設計／丘銳致

行銷企劃／叢昌瑜、沈嘉悅

發 行 人／王榮文

出版發行／遠流出版事業股份有限公司

地址：104005 台北市中山北路一段 11 號 13 樓

電話：（02）2571-0297

傳真：（02）2571-0197

郵政劃撥：0189456-1

著作權顧問／蕭雄淋律師

輸出印刷／中原造像股份有限公司

□ 2019 年 8 月 1 日　初版一刷

□ 2024 年 7 月 20 日　初版五刷

定價 240 元

ISBN 978-957-32-8616-5

YL 遠流博識網 http://www.ylib.com E-mail: ylib@ylib.com　　贊助單位：文化部 MINISTRY OF CULTURE